不必等候炬火

乡村教师赖家益

李桂杰 罗鲁峤 —— 著

清华大学出版社
北 京

本书封面贴有清华大学出版社防伪标签，无标签者不得销售。

版权所有，侵权必究。举报：010-62782989，beiqinquan@tup.tsinghua.edu.cn。

图书在版编目（CIP）数据

不必等候炬火：乡村教师赖家益 / 李桂杰，罗鲁峤著 . —北京：清华大学出版社，2023.6（2024.12 重印）

ISBN 978-7-302-63715-8

Ⅰ.①不… Ⅱ.①李… ②罗… Ⅲ.①散文集－中国－当代 Ⅳ.① I267

中国国家版本馆 CIP 数据核字 (2023) 第 099956 号

责任编辑：张立红
封面设计：钟　达
版式设计：方加青
责任校对：赵伟玉　卢　嫣
责任印制：杨　艳

出版发行：清华大学出版社
　　　网　　址：https://www.tup.com.cn, https://www.wqxuetang.com
　　　地　　址：北京清华大学学研大厦 A 座　　邮　　编：100084
　　　社 总 机：010-83470000　　　　　　　　邮　　购：010-62786544
　　　投稿与读者服务：010-62776969，c-service@tup.tsinghua.edu.cn
　　　质 量 反 馈：010-62772015，zhiliang@tup.tsinghua.edu.cn
印 装 者：北京博海升彩色印刷有限公司
经　　销：全国新华书店
开　　本：148mm×210mm　　印　　张：8.875　　字　　数：193 千字
版　　次：2023 年 7 月第 1 版　　　印　　次：2024 年 12 月第 2 次印刷
定　　价：69.00 元

产品编号：100776-02

赖家益，广西自然资源职业学院教师，原为广西壮族自治区北海市合浦县石湾镇乡村小学教师。2023年6月，在京出席共青团第十九次全国代表大会。中国人民政治协商会议第十三届广西壮族自治区委员会委员、广西青联第十一届委员会委员、北海市社科联副主席（兼）。曾荣获第六届"全国119消防先进个人"荣誉称号、广西壮族自治区党委统战部授予的广西统一战线助力脱贫攻坚"最佳带货达人"、第29届中国国际广告节公益广告黄河奖银奖、"中国网事·感动2022"一季度提名。2022年5月，亮相共青团中央发布的"青春十万米"长图。

　　喜欢他的网友视他为照耀乡村的一束光，用真诚与爱陪伴乡村小学生成长，用实际行动助力乡村振兴。他喜欢说的一句话是："不必等候炬火，自己做自己的光。"

赖家益带着学生到大自然中"画草帽",阳光、草地、蓝天……他和学生们仿佛置身宫崎骏的漫画中

序：一个人的加法

庞余亮

一个人来到世界上，生活总是给予他不同的算法。

有时候，生活是做加法的，就像那些天生拥有"生命确幸"的人。他们一出生，就衣食无忧，还有骏马、宝鞍和长剑等候着。

并不是所有人都会拥有这先天的加法。

比如我们的赖家益，这个1998年出生的大男孩，生活就对他做了先天的减法，而且，给予他的减法是如此严峻：一贫如洗的家，脾气不好的父亲，逃离了他们的母亲，相依为命的、同父异母的姐姐，他就成了年老体衰的爷爷奶奶的第6个苦孩子。

但有人天生就是向日葵，比如我们的赖家益，即使他是偏僻角落里的向日葵，但向阳的天赋命令他抬起头来。

抬头的人会看到天空，看到天空中的大太阳。

所以，向日葵的成长从来都不是减法，而是了不起的加法，那是赖家益自己的加法。一对小叶片，一对小叶片，积攒着一点点的温暖，层层向上！

像"妈妈"一样的姑姑、给赖家益开小灶的周文静老师，还有严厉而慈祥的曾校长，这些人间最为珍贵的温暖，都是这个春风扑面的大男孩内心的加法。

一点点加，一点点长高。

◆ 赖家益引导学生积极发言

加法的神奇在继续，国家的"公费师范生项目"的阳光就这么打在了退过学、打过工的赖家益的眼里。

我不知道我们的赖家益有没有流泪，但我知道他在给面试老师深深鞠躬的时候，他的内心倾泻的全是感恩。

再次离开红锦村读书的赖家益，生活给予他的依旧是减法的考验。但我们的赖家益已不再是原来的瘦弱少年，而是一个咬紧牙关、向着阳光奔跑的大学生了。

这位玉林师范学院的新生，时刻记得自己的加法。好人们的温暖，都是我们赖家益加法仓库里的上好燃料。

一个人的加法，也是一个人的扎根。有了扎根，就有了拔节。有了拔节，就有了蓓蕾。有了蓓蕾，就有了开花。

赖家益这株新时代的师范生正在迅速长高。

当我读到赖家益南宁实习的细节,第一次登上讲台,因为紧张而口吃。这与我当年成为小先生的第一节实习课是多么相似啊。颤抖的腿,颤抖的声音。那是蝉蜕前的紧张和战栗。我有点儿担心,但担心是多余的。我们的赖家益比当年的我勇敢多了,实习老师赖家益表现得非常优秀,就是生活的奇迹,也是一个新青年的蝉蜕。

我们的赖家益的脸上全是微笑。微笑里全是自信。自信又让这位年轻的乡村教师连走起路来带出来的风都是甜的。

那甜里是春风的甜蜜。

春风的甜蜜是他打开乡村学校的金钥匙。他的责任和浪漫,全在他的加法里。年轻的乡村教师赖家益呈现了许多角色:父亲、母亲、教师。

他继续了一个人的加法,加上善良,加上耐心,加上温润——在向日葵的绽放中,收获理想的父亲、理想的母亲和理想的老师。

"每个人都有自己的小世界

收获着生命确幸的新鲜

相互奔赴金子般的光影……"

这是我们的赖家益主唱的歌曲《奔赴的光》。

那个喜欢在校园里开启晨光的赖家益,那个喜欢给孩子买文具的赖家益,那个给每个孩子一朵花的赖家益,那个为了让留守儿童的父母回来而努力做直播的赖家益,就是那股"奔赴的光"。

"奔赴的光"——多么年轻而又多么坚决的五个字。

是的,"奔赴"!

"奔赴"这个词对于我们的赖家益来说曾经是何等艰难。赖家益一直是敏感的,一直有自己的角落,但他一直向往成长,向往报恩——那些成长道路上的恩情,还有乡村教育这块沉默土地的恩情。最终,他坚决回到了老家。

其实,当他站在老家学校的讲台上,我们的赖家益已经将一个人的加法升级为青春的乘法。

请祝福我们的赖家益,祝福他继续做青春的乘法,更要祝福他和他的乡村孩子那无限的、丰饶的未来。

(庞余亮,男,1967年3月生,多年乡村教师生涯,书写其乡村教师生活的散文集《小先生》荣获第八届鲁迅文学奖。)

写在前面

李桂杰　罗鲁峤

我们写作的进度,也许赶不上乡村教师赖家益全力向前奔跑的速度。

2022年的2月26日,赖家益和他的助农团队在村里张贴了一个公告——《带动乡村振兴 开展种红薯方案实施》,决定回收村民的农作物,为种红薯的村民给予一亩地200元的补贴,后期他还要为种红薯的村民提供薯秧和技术上的服务,并且,在红薯成熟后以高于市场的价格进行回收。3月18日,在共青团合浦县委的支持下,赖家益以自己的名义举办了"广西合浦第一届红薯节",活动地址选在合浦县乌家镇莫屋村红薯地的田间地头。

"我生于农村,长于农村,大学毕业后我又回到农村,服务农村,扎根农村,这是我做过最正确的决定!"赖家益的铮铮誓言令无数青年涌动振兴乡村的冲动和热血。

这位年轻的乡村教师面对的不仅仅是课堂上的琅琅书声,还有农民的经济利益。

我们在家益的直播间,看过他光脚儿站在小山一样高的红薯堆旁吆卖红薯的镜头;也见过他在农民家中劝说农民种植红薯的视频,以及手举红薯甜脆饱食的可爱样子;还见过他因为一些不如意流下眼泪的真情时刻。

◆ 赖家益推广红薯产品

....

在这位平凡而执着的乡村教师肩上，沉重而愉快地挑着两个担子：一个是教书育人，另一个是乡村振兴。这两件事，他都投入了自己全部的热情和智慧。

作为留守儿童，赖家益的童年注定是孤独的，他成长的过程中肯定有过难以言说的晦暗与心酸，但是他的自愈能力之强、情商之高、魄力之大，却令人惊叹与感佩！

家益常说："自己的孩子自己宠。"他把学生当成自己的弟弟妹妹，过年时给孩子们买羽绒服这样的贵重礼物，冬天最冷的时候给每个孩子送上护手霜，嘱咐他们保护好自己的双手；他参与上海一家公益组织的活动，给学习好的家庭贫困的孩子送上一头小猪，鼓励孩子"好好读书,奖励小猪"。在开学季,孩子们会收到他买的铅笔、文具盒、作业本,还有他自己包扎起来的玫瑰花。赖家益时常把自己的教室转移到田间地头,他带着孩子们行走在田地里的一幕,恍然让观者看到宫崎骏动画片里的情形……

家益对孩子们的爱护发自内心,以至于他被派驻到石湾小学时,家长们奔走阻拦。今天的家益,是个有着赤子之心,心怀善良,敬业爱岗,对未来充满希冀,深受家乡父老所喜爱的青年教师。

家益的可贵,就是希望自己所热爱的教育事业越来越好,山村变得越来越强,有更多的家长可以陪伴在孩子身边,减少留守儿童的数量,让家乡的大地上生出新的希望。

有人说,他像一道光,把乡村的角落照亮。家益自己曾两次在微博中写道:"不必等候炬火。"

我们真的难以预测,未来的家益会变成一个什么样的人,或许他将来会有不同的生活,选择不同的工作,体验别样的人生?但我们会始终如朋友一样关注他,陪伴在他身旁。因此,我们的书写到此并非结束,还有希望与等待,坚信他会迈出新的脚步,走出新的辉煌!

不必等候炬火,让我们期待未来更美好的家益。来吧,让我们用鲜花与美酒来祝福他更加幸福美好的明天!

2023 年初春　于首都北京

引 子

对于 24 岁的广西青年赖家益来说，这是令他无比兴奋和激动的时刻，也是他没有想过甚至不敢想的时刻。红毯、灯光、摄像机、掌声……一切都那么真实，又似乎是那么不可思议。

◆ 赖家益作为政协委员接受媒体采访（邹财麟摄）

2023 年 1 月 14 日，赖家益作为第十三届广西壮族自治区最年轻的政协委员，第一次以政协委员的身份参加省里举办的两会，并通过选拔，走上了万众瞩目的红毯，接受广大媒体的采访，公开发表演讲。

对于年轻的赖家益来说，他平时的舞台是合浦县石湾镇乡村小学的讲台，他在教室里，面对着一双双闪亮而清纯的眼眸；而今天，他似乎将属于自己的讲台搬进了广西政协同心会堂。与此同时，他的声音还将通过广西卫视的直播，传到千家万户。

◆ 2023年5月,赖家益探访苗寨的美好瞬间。

这是属于赖家益的高光时刻，也是他从来没有想到过的。

"我很忐忑，也很紧张，作为政协委员，也作为一名乡村教师，我想为留守儿童发声，为未成年人保护发声。"赖家益的眼神是闪亮的。走红毯那天，平时一直喜欢穿运动鞋的赖家益，特意换上了一双锃亮的皮鞋。鞋子穿在脚上有点儿不自在，但他的心里充满了强烈的幸福感和自豪感。

他知道，这一刻，他的身后是无数和他很像的孩子，孩子们需要他的发声。

走过红毯，站在话筒前，赖家益平复了一下激动的心情，面带着自信的微笑扫视全场。广西广播电视台新闻中心的记者举手提问："赖家益委员，您好，据我所知，您是自治区政协十三届最年轻的政协委员，在这个新的岗位上，你将如何建言履职，怎样奉献自己的青春力量呢？谢谢。"

一个没有太多难度的问题。赖家益思索片刻，从容地说：

很荣幸在24岁这一年成为自治区的一名政协委员，我来自广西北海市合浦县石湾镇红锦小学，是一名乡村教师，非常感谢国家公费师范生的政策，让我走出山村，完成大学的学业。

毕业之后，我因自己拍摄的视频意外地上了一次热搜，后来在南宁当实习老师期间，孩子们不舍得我离开，抱着我哭，又上了一次热搜。然后，一些辅导机构找到我，说可以把我培养成网红老师，其中一家传媒机构给我开出了200万元的签约费，但爷爷奶奶年纪大了，加上我自己曾经也是一名留守儿童，所以我就选择回到家乡，陪伴爷爷奶奶，也实现了当一名小学老师的梦想。

在回小学任教之后，我就发现我们乡村小学有很多留守儿童。比如说我们班有14个孩子，其中有6个是留守儿童，他们的爸爸妈妈大多数都在外面打工，很少能陪伴孩子的成长。

看到他们，我就会想起小时候的自己。

我小时候淋过雨，所以长大后就想去替别人撑伞。希望社会各界能多多关心和关爱我们的留守儿童，我也会继续在关注留守儿童健康成长中鼓与呼，我本次参加政协会，提交的题目为《村校联动多种形式帮扶乡村留守儿童，助力乡村振兴》。

除了乡村教师这个身份之外，我还是一名自媒体的从业人员。成为一名乡村教师后，我一直在思考：我除了能教书，还可以为我的家乡做什么？还可以为我的学校做什么？为我们学校的留守儿童做什么？所以我开始尝试着在网络上进行直播带货，帮助村民去销售沃柑、红薯、花生油、辣椒，还有鱿鱼丝、红糖等特产。

刚开始我做得不是很好，但慢慢成熟之后，我就开始想着给在外地打工的家长打电话，"哄"他们回来，让他们回到家乡陪伴孩子成长，当然这个"哄"是加双引号的。

目前，全校已经有25名家长回到了家乡。他们有的种红薯，有的种植沃柑，有的养鸡。

2022年，红锦村家长种的红薯产出了40万斤，我用了两天的时间卖完了。周围村子的村民也会和我说："赖老师能不能也帮我们村卖一卖？"接下来，我又花了一个星期的时间帮周围村子的村民直播卖红薯，没想到也都卖完了，我因此感觉非常开心。

其实，我更开心的是，家长可以回来陪伴我们的孩子，从客观意义上说，减少了留守儿童的数量。这样一来，我的学生们不再是留守儿童，守村的妇女不再是留守的妈妈，空巢老人不再是留守的爷爷奶奶。

这种幸福感特别强烈，让我发自内心地感到开心。今年，我也打算喊出"你回来带娃，我帮你直播带货"的口号，希望更多的家长、更多的年轻人可以返乡来陪伴孩子们的成长，共同建设我们的家乡。

青年强，则国家强，我希望我们广大青年都可以做有理想、有担当、敢作敢为的新时代好青年。作为一名新时代青年，作为一名新当选的政协委员，我会认真履职，深入调查研究，关注民生，反映民情，积极参政议政，认真实践"人民政协为人民"的使命。

最后，我希望更多的年轻人被我感召，回到家乡，建设家乡，服务家乡的教育事业，助力乡村振兴。谢谢大家，也希望我们在新征程的路上唱响新的青春之歌，谢谢。

赖家益的表达之自然、话语之顺畅、思想之深度，令在场的记者和参会的政协委员都无比动容。作为一位从教多年的语文老师，这番讲话的效果也没有什么惊喜，不过是课堂的延伸罢了。

赖家益的成长不易。

他曾经在一个短视频里这样描绘自己：有点帅但不虚伪，爱财但不贪财，上进但不够圆滑，缺爱但不纠缠。

他骨子里的那种倔强，对安全感的缺乏，很让人心疼。这样的性格是不是和他的原生家庭有关呢？是不是和他曾是一个非常可怜的留守儿童有关呢?

"我总会瞒着所有人,装作迈过了好多坎儿,故意显得很开心的样子,其实只有我自己知道,有些坎儿永远也迈不过去,有些事永远也放不过自己。"他说。

2022年5月3日,共青团中央曾在网络上绘制了"青春十万米"的长卷,赖家益出现在这张长卷中——"从留守儿童"到"新留守青年",淋过雨的人更懂得为别人撑伞。

根据民政部发布的数据,我国不满16周岁的农村留守儿童数量约为902万人。其中,近九成由(外)祖父母抚养,还有36万农村留守儿童无人监护。

在中国,像赖家益一样坚守一线的乡村教师同样也有很多。根据教育部发布的相关数据,截至2022年11月19日,我国乡村教师共计290余万人,占全国专任教师总数的15.7%。其中,小学近250万人,幼儿园42余万人。

在中国,像赖家益一样的乡村教师并不多。

他全心全意地爱护每一位学生。看到有的孩子总是穿着同一件衣服上学,他会自掏腰包给家庭困难的学生买新衣服、新文具。2022年春节,他自发地给班里的每个孩子添置羽绒服,他说,看到孩子们脸上的笑容就是他最幸福的事。2022年9月1日开学之前,他到街上给班里的每个孩子购买了新文具及作业本。假期过后,回到学校的孩子们发现自己的课桌上都有一小束鲜花在等候他们,那是他们最爱的小赖老师亲手扎的。试问,有这样的老师,孩子们怎么可能不想开学呢?以后又会对每个学期的开始充满怎样的憧憬呢？平时，他会带着孩子们到稻田里玩儿，观察大自然，学习写作，一群人走在田间的感觉美得就像宫崎骏动画片里的场景。

赖家益最爱说的口头禅是"自己的学生，自己宠"。天冷的时候，他会亲手给孩子们擦润肤霜，告诉他们要学会爱惜自己。班里有孩子过生日，他会特意买来一个大蛋糕，叫上全班同学一起分享。赖家益带给孩子们的，是这样一种从其他地方得不到的感觉，叫作"学校里的小浪漫"，让孩子们的内心充满了幸福激素——"多巴胺"。

乡村学校图书资源匮乏，学生们的阅读量远远不及城市学生。赖家益通过网络募集图书，并在家里创建小型图书馆，如今它成了村里周围孩子们放学后的"打卡地"。赖家益不仅提供书籍，有时还会亲自下厨，给学生们做一顿"大餐"。

他是学生们的"知心哥哥"。他资助了几名村里的留守儿童，除了尽力给予他们家庭一些经济补助，还通过直播带货帮助其中一些学生的父母销售农产品。赖家益说："看到这些和我以前很像的孩子，我感同身受，所以我想帮帮他们。"广西壮族自治区党委统战部特授予赖家益统一战线助力脱贫攻坚直播带货"最佳达人奖"。

赖家益3岁时父母就离开他，离开家，爷爷奶奶将他养育成人，他用实际行动诠释他的感恩："你养我长大，我陪你慢慢变老。"当年写在备忘录里的那些关于爷爷奶奶的愿望，在他的努力下一一兑现：爷爷奶奶那个年代没有婚礼，于是他学习了摄影，帮爷爷奶奶拍摄婚纱照，圆了奶奶的"婚纱梦"；爷爷奶奶一辈子没有出过远门，于是在大学期间，他拿着兼职、实习时攒下的工资带着爷爷奶奶去北京玩儿，在天安门前按下快门，留下一家人的美满记忆；工作第二

◆ 赖家益帮奶奶圆了"婚纱照"的梦想

年,爷爷奶奶从以前的小茅房搬进了他参与设计的"新房子",给爷爷奶奶创造了一个更好的环境,以安度晚年。

赖家益只有一个,赖家益也不该只有一个。

唐朝著名诗人王维在《送邢桂州》一诗中写了这样四句:"日落江湖白,潮来天地青。明珠归合浦,应逐使臣星。"诗中写到的"合浦"就是赖家益的故乡,这里盛产珍珠,有人曾经用"合浦珠还,奉献家乡"来形容赖家益回村小教书行为本身的意义。其实,我们每个人小时候都像扇贝里的珍珠,需要有人去撬开贝壳,珍珠的璀璨才能照射出来。

"一个农村孩子最好的出路,是将自己修炼得睿智与强大,从而去匹配这万分之一的机遇"——这是赖家益的心声。

由于特殊的缘分，我们通过采访以及长时间的接触交往，深入了解了赖家益的故事。让我们一起走近赖家益，走进这个曾经的留守儿童的内心世界，看看他的成长和过往，感受他经历过的风雨、辛酸、痛楚，也体会他成长过程中得到过的温暖以及命运的眷顾。

目录

第一章
缺爱但充满了爱的印记的童年

1. 路灯一样的月亮照着门口熟睡的姐姐 / 2
2. "路上的小花、小草、尘埃都会为我哭泣" / 4
3. 猪油拌饭是妈妈给的最后温暖 / 9
4. 姐姐和我就是爷爷奶奶的第5个和第6个小孩 / 14
5. "你是个笨蛋,妈妈不会再回来了" / 18
6. 大他两岁的姐姐成了他的"守护神" / 20
7. "家益,你在雨衣里吗?" / 23
8. 爸爸说,那句话肯定不是他说的 / 25
9. 消失的5毛钱 / 27
10. 姑姑:"我必须把两个孩子接出去读书" / 31

第二章
无条件的爱还是施恩望报

11. "赖家益同学是老师唯一的老乡哦" / 38
12. 周文静老师给家益"开小灶" / 40
13. 人生中第一次得到奖状 / 43
14. "我上电视了,一定要注意收看今天晚上的合浦新闻" / 47

15. "我有一个不一样的妈妈,我的妈妈叫'姑姑'" / 51
16. 访谈周文静老师:我没有特别地想要关注哪一个学生 / 53
17. 重返红锦小学读书 / 63

第三章
男孩子还需要带有管教和安全感的爱

18. 继母原来是姐姐的亲妈 / 68
19. 一不小心,胳膊骨折了 / 70
20. 曾校长的一拳,把他击醒了 / 73
21. "我真的发自内心地把她当成母亲" / 77
22. 在木片厂打工时得知自己考上了合浦县第一中学 / 79
23. 从合浦县第一中学退学的那天下着雨 / 82
24. "公费师范生项目挺好的,是由国家出钱培养人" / 85
25. 面试结束之后,给面试老师深深鞠了一躬 / 88
26. "祝贺我校赖家益同学被玉林师范学院录取" / 92
27. 再次离开红锦村,外出读书 / 96

目录

第四章

走向自信带来的痛，要承受；
同龄友情带来的快乐，要接得住

28. 到三娘的螺蛳粉店打工 / 100

29. 那一次生病，把头捂在被窝里哭 / 102

30. "家益，为啥总出去做兼职啊？" / 105

31. 头低下的时候，泪一滴滴无声地落在地上 / 107

32. "来了这儿，你就不是一个人了" / 110

33. 举起相机的那一刻，阳光好亮 / 112

34. "那段时光，才是真正的大学生活" / 117

第五章

飘零的岁月绽放明日的生命之花

35. 那一天，"老妈"突然去世，微信里再没有了回复 / 122

36. 为了"老妈"能够顺利安葬，向人下跪借钱 / 125

37. "他好像只有我了" / 128

38. 第一次懂得人世间有一种活动叫"旅游" / 134

39. 做得最正确的一件事，就是为爷爷奶奶拍婚纱照 / 137

第六章

在勇敢接近梦想的路上,收获自信的底气

40. 顺利通过校内选拔,将去南宁实习 / 144
41. 第一次登上讲台,因为紧张而口吃 / 146
42. 爷爷奶奶家离南宁有将近4个小时的车程 / 152
43. 分别时孩子们哭成泪人,再次冲上热搜 / 156
44. "跑了北京旅游这一趟,这辈子值了" / 161

第七章

"自己的学生自己宠"

45. "要开学了,爷爷奶奶比我还开心" / 170
46. 小海画的黑草帽 / 176
47. 那个爱翻垃圾桶的小女孩 / 182
48. 那个晚上,为黄美丽一家做了一顿晚餐 / 188
49. 穿着粉色衣服来上课的赖老师 / 191
50. "回到村里,一边安心带娃,一边种红薯" / 196
51. "你回来陪孩子,我来帮你卖货" / 202
52. 和章惠的特别的约定 / 210
53. 成绩不是教育好坏的唯一标准 / 212
54. "老师,我也想像你一样" / 214
55. 慧眼独具,小小主持人的诞生 / 225
56. 最好的一次教育 / 230
57. "中国式现代化"里跳动的青春身影 / 236

| 普鲁斯特问卷 | 致谢 | 教育名家推荐 |

因为自己淋过雨
所以总想去帮别人撑伞。

赖家益

第一章

缺爱但充满了爱的印记的童年

  一个在小时候总是淋雨,且时不时掉进"坑"里,差点失去性命的男孩子;一个缺爱,几乎没有陪伴,但总是在不经意间被烙下爱的印记的男孩子,命运从不给他选择的权利,但总是给他重新选择的机会。

  在小家庭里,他一直缺爱;在大家庭里,爱一直滋养着他。
  他无比渴望的爱,总是盼不来,然而,在生存的关键时刻,来自大家庭的爱从未缺席。

  我们渴望的爱,往往会因为得不到而变成怨恨;我们意外得到的爱,往往时过境迁,被我们遗忘。
  通常,小时候淋过雨的人,一辈子都会躲雨,或者躲开正在淋雨的人……

  但是,赖家益却恰恰相反!

1. 路灯一样的月亮照着门口熟睡的姐姐

长大以后,赖家益永远也不会忘记那个有月亮的晚上,那天下午他和爷爷奶奶去镇上赶圩卖货。回家的路上,初升的月亮越升越高,像路灯一样,将大地照成白色。

月光那种白是很冷的白,没有阳光的五颜六色,更没有阳光的温暖。7岁的赖家益和爷爷奶奶一起走在山路上,彼此都没有说什么话,只是默默地借着月光,向家的方向走去。

十几里的路,走了很久很久,有风,有不时传来的犬吠,还有牛哞哞的叫声。

一回到家门口,赖家益一眼就看到门口的藤椅上蜷缩着一个小小的人儿,一动不动的黑色身影。"是姐姐!"赖家益赶紧跑过去看。

果然,大自己两岁的姐姐睡在了家门口。一瞬间,他的心里有一种说不出来的酸楚,眼睛里有泪花要溢出。

姐姐虽大赖家益两岁,可胆子很小。从小和他一样,怕家里有窜来窜去的大老鼠,也怕大人嘴里经常说的鬼狐,"鬼长着红眼睛、绿鼻子……"虽然,他和姐姐都没有见过鬼是什么样子,但如果爷爷奶奶不在家,他和姐姐是不敢回房间里睡觉的。

那个有月亮的晚上,月光照着爷爷奶奶苍老的脸庞,也照着赖家益的小脸。他看着睡熟的姐姐,忽然有点儿想念妈妈。

"妈妈,你在远方还好吗?你是否知道我和姐姐很想你?……"

赖家益是广西壮族自治区北海市合浦县石湾镇红锦村人,出生于1998年12月27日。出生的那天，夜空应该也有很亮很白的月亮。

3岁时，赖家益的妈妈离开后就再没有回来过，爸爸常年外出打工，家里只剩下爷爷奶奶和姐弟俩相依为命。

小时候，赖家益身体很瘦小，性格柔弱，他把自己遇到的所有不开心的事情都压在心底，不愿意主动和任何人说起。除了姐姐，这个世界上应该再没有人明白，在学校被欺负是怎样的一种感受。

去镇上赶圩的前一天，他又挨了同学的欺负。第二天一早，死活不愿意去学校。

爷爷见了，随手抄起一把笤帚，使劲儿朝他身上打去。"让你在学校不听老师的话，肯定是成绩不好，挨老师说了，看我不打死你！"爷爷怒火冲天，笤帚带着风，拍在他身上，个头小小的赖家益站在那儿，满脸倔强，只是用手挡了一下，身子却一动也不动。

那一刻，赖家益的安静、固执和不反抗让爷爷奶奶有几分无奈。

本来就不怎么牢固的笤帚打在赖家益身上，高粱糜子的穗儿散落了一地。爷爷蹲坐在地上，不再言语。赖家益到院子里找了一个角落，搬了一把小凳子，坐在阳光下发呆，没有言语，更没有哭闹。那一刻，只听到爷爷轻声叹息："唉，这个孩子呀！"

午饭后，赖家益还是不愿意去学校。奶奶见状，拉着他的手说："益仔，我们去镇上的集市好不好？把爷爷做的笤帚卖掉。"除了笤帚，还有爷爷奶奶在山上采的一点儿草药。

当地人用的笤帚几乎都是自己做的，那时候爷爷已过古稀之年，绑的笤帚不够结实，远远不如别人家的好用。所以，没有人买他们的笤帚。他和爷爷奶奶找了一个位置,守着他们的十几把笤帚和一小摊草药。

一回头,旁边有个糖水摊。赖家益悄悄拉了拉奶奶的衣角,小声说:"奶奶,我想喝一碗糖水。"奶奶说:"等一等,东西还没有卖出去,哪儿有钱呀?"爷爷说:"学也不上,还想着喝糖水,真没出息!"

半天下来,赖家益口干舌燥,肚子饿得咕咕叫,但是,他只能默默地咽下唾沫,像个做错事的孩子一样,蹲在地上,不再出声。

太阳很快落山了,旁边卖糖水的阿姨准备收摊回家了,奶奶连忙走过去,用便宜一点儿的价格买了一碗糖水给赖家益喝。这时候,他觉得奶奶还是蛮爱他的。

终于,笤帚卖出去了两把,价格很便宜,3毛钱一把,两把扫帚一共卖了6毛钱。爷爷奶奶不甘心,还要继续卖。又疲惫又饿的赖家益困意来袭,不一会儿就趴到笤帚上面睡着了。

过了很久,月亮出来了,奶奶把他叫醒,迷迷糊糊中,赖家益跟着爷爷奶奶走上回家的小路,小小的他紧紧牵着奶奶的手,爷爷用扁担挑着没有卖掉的笤帚和草药。

十多里山路,他们一起走,有说有笑,路似乎也没那么长。

2."路上的小花、小草、尘埃都会为我哭泣"

不管走过多远的路,心漂泊多久,关于童年的记忆不会轻易褪色,那是生活最顽固的底色,被涂抹在内心的角落。

有些时候，回忆是用来舔舐伤口，为过去疗伤的；有些时候，回忆是火把，能够为自己照亮来时路。

红锦村山清水秀，池塘里的水清澈见底，树木葱茏茂盛，田地里的庄稼长势喜人，家乡的秀美几乎和现在没有什么不同，那是赖家益闭上眼睛就能忆起且依恋的童年。唯一与现在不同的是，那时村里没有路灯，一条土路坑坑洼洼的。

合浦县经济发展一直在广西排名靠前，但红锦村相对贫困，绝大多数村民都是水库移民，赖家益一家也是。他们都是从很远的地方搬过来的，原来所在的村庄，包括庄稼、房屋都被大水淹没吞噬，在政府安排下，这些人背井离乡，迁移到合浦县，并且在红锦村定居落户。

久居他乡，他乡即故乡。

红锦村坐落在石湾镇北部，属低丘陵地形。大概在10年前村里就铺上了平整的水泥路，路沿两侧是不大不小的山坡。从村口进入，可以看到路边上卧着三三两两的房屋，人烟稀少。家养的鸡、鸭大摇大摆地走在路上。

村里的房子依地势而建，整体错落有致。这里有很多土房子，鲜少有人居住，被闲置在山坡上。

难得路过一户人家，几位老人坐在门前摇着扇子，有一搭没一搭地聊天，偶尔低下头来挑弄路边摇尾乞怜的狗。近年，年轻人外出打工赚到了些钱，越来越多的人家搬到了城里，山村里只剩下老人们留守在村子里。村里的孩子也没有那么多，缺少嬉笑打闹声的小山村显得格外寂寥。

空巢老人、游走的家禽家畜、留守儿童,还有独来独往的风,构成了整座村庄。

在赖家益的记忆里,初次去红锦小学上学,一切对他来说都是陌生和新鲜的。破旧的教室里传出琅琅的读书声,一下课,同学们像麻雀一样飞出教室,叽叽喳喳,吵闹个不停。他最羡慕每天背着书包去上学的姐姐,觉得姐姐走在路上特别神气,眼睛里都是光彩。

"我也要去上学!"赖家益缠着爷爷奶奶,吵着嚷着要去上学。小小的一个人儿蜷缩在奶奶的怀里,满脑子都是对上学的向往。

学校的课桌都是小木桌,不知有多少届学生用过,桌面上有刻刀留下来的痕迹,有人刻的是自己的名字,还有人刻上一些奇奇怪怪的符号。终于上一年级了,赖家益和同龄的小伙伴挤着坐在一条

◆ 红锦小学航拍图,2022 年

板凳上。

除了课桌、凳子破旧，用白灰砌成的黑板也是坑坑洼洼的。"有时候老师写完字，忽然看到，咦，那个字怎么少了一点？哦，原来是因为那里有个'坑儿'，哈哈……"

不管是刮风下雨天，还是大雾天，爷爷奶奶总是起得很早，给姐弟俩准备好早餐，坚持目送着孙子孙女走出家门口才算放心。

早餐虽然很简单，有时只有一碗白粥，但是姐弟俩喝下去，心里总是暖暖的。父母不在身边，爷爷奶奶像两棵能够依靠的老树，夏天遮风避雨，冬天阻挡寒冷，他们希望自己"手心里的宝"能够有一个美好的未来。

赖家益的爷爷奶奶一共有五个孩子：除了一个夭折的孩子外，还有两个儿子和两个女儿。爷爷奶奶独居，赖家益的爸爸外出打工，赖家益和姐姐就是爷爷奶奶的生命支柱，"把两个孩子照顾好"成了爷爷奶奶后半生的唯一使命。

合浦县位于广西壮族自治区南端，北部湾东北岸，因此，夏天常常有台风橙色预警。一个傍晚，合浦县电视台播发了台风橙色预警消息，通知第二天所有学校停课，学生在家休息。

然而，当时爷爷奶奶家没有电视机，也没有手机，因此，没有接到停课通知。

清晨，赖家益独自一人拿着一个斗笠，背着重重的书包，穿着塑料凉鞋，在大风中走向学校。路上都是泥水，天上下着雨，他没有雨靴，更没有合身的雨衣，一双修修补补的塑料凉鞋踩在冰冷的泥水里，他冷得浑身发抖。

"路上的水坑那么深,我个头小小的,一脚踩了进去,好像整个人都要掉到水坑里,裤子湿了,上身的衣服也被雨水淋湿了。"赖家益边走边抬头,发现路边的树木被台风吹得摇来摇去,狂风发出"呼呼"的吼声,像是要把整个大地吞噬一样。

"去上学,还是回家?"赖家益的心中闪过一丝犹豫,"嗯,还是去上学!"

小小的身影在狂风中向学校一点点儿地移动,终于走到学校门口,他全身上下都湿透了。一路上,他想方设法地把书包保护好,怕雨水把书本打湿,他只好把书包反过来背着。

到了学校门口,校门都是关着的,一个人也没有,其他同学接到了通知,都没有来。

"只有我一个人不知道,我好像被世界遗忘了一样。"

后来赖家益才知道,学校老师实际上是通知了。老师打电话给村上的小卖部,村里的每个小卖部都会配一个座机,请小卖部的人转告村上的孩子。"其他村的小卖部都通知了学生,我们这里的小卖部却没有通知我们家,可能是因为我们家离小卖部比较远,又刮着大风,平时爷爷奶奶也不怎么去小卖部买东西,就没有得到信儿。"

赖家益第一天去学前班的时候是叔叔送去的,此后的日子,都是他一个人背着过头的书包,走过坑坑洼洼的上学路。

诗人李文勇在《春天》一诗中这样写道:

我见过一座植物园的苏醒
十八种颜色

像春水一样横溢

不留一丝缝隙

我还见过上学的孩子

稚嫩的身子背着略显巨大的书包

好像背着

上万吨的春天

赖家益和许许多多的孩子一样,在负笈的路上背着"上万吨的春天",但至少他们背的是春天。春天再重,他们也不怕。

生活是一条长长的路,我们每个人都走在这条路上。

如赖家益多年后写给自己的信中所言,"上学之后,通往学校这条长长的路都是我的脚印,如果你走过我走过的路,你会发现,路上的小花、小草乃至尘埃都会为我哭泣"。

此后的每一条路,都和上学这条长长的路一样,每一个脚印都用尽了他全部的力量。

他走着,让生命走出黑夜,拼尽全力追寻光的方向。

3. 猪油拌饭是妈妈给的最后温暖

关于妈妈,赖家益很少主动与人谈起。最初,那是一触碰就会疼的伤疤,此后,那个伤疤在时间中慢慢痊愈,不会让赖家益轻易感到疼痛,仿佛只在他的内心深处留下一条别人无法看到的白色印记。

人们常说，小孩在3岁之前基本上没有什么记忆。可是关于妈妈的记忆，却定格在赖家益3岁的秋天，不会褪色。

妈妈走的那一年，本来是家里的丰收年，妈妈在爷爷奶奶的帮助下养了6头猪。不知道为什么，突然发了瘟疫，6头猪都死了！妈妈很伤心，手足无措，不知如何补救。

福无双至，祸不单行。家里种的甘蔗，此前一直长势良好，不知道为什么突然起火，整块地里的甘蔗被烧得精光。当时赖家益正在甘蔗地里玩，直到身后的甘蔗燃起火光，他才有所发觉，吓得连叫妈妈。妈妈看到不远处的白烟，及时把赖家益抱了出来。

"没有了，什么都没有了！……"妈妈在家门口喃喃自语，双手拍着大腿，急得顿足捶胸，满眼充斥着绝望的光。

更可怕的是，甘蔗田烧毁的那天晚上，爸爸还是像以前一样，夜里雷打不动地外出赌钱。第二天早上，他两手空空回来，家里仅剩的一点儿卖甘蔗的钱都被他输光了，妈妈手里连一点儿买油盐酱醋的钱都没有了。

当妈妈看到爸爸又一次把钱输光，两手空空而归，毫无愧疚地抽烟、喝酒、吃饭，吼赖家益和姐姐起床干活的时候，妈妈绝望了！这一次，妈妈没哭没闹，什么都没说。

第二天早上，妈妈向奶奶借了一点儿钱，说要去买菜籽回来种，要不明年春天，地里没有菜吃。奶奶把钱给了妈妈，妈妈就拿着钱走着去了镇上，连换洗的衣服都没有带。

她这么一走，便再也没有回头。

"我记得很清楚，妈妈走的那一天，给我和我姐姐做了猪油拌饭。她流着眼泪说，以后没有饭吃的时候，就去搞一点儿猪油，去爷爷那里拿点儿饭，拌一下吃就行了。"赖家益说，妈妈说的这段话是姐姐告诉他的，他自己没有太多印象。

赖家益说："爸爸那时候还不明白，妈妈的走是不再回头的那种离开。他还以为她会像爷爷奶奶说的那样，只是去广东打工了，过年就会带着满满的东西回来。潜意识里，他总是认为，妈妈只是出去走走，终归是要回来的。"

妈妈走后的日子，爸爸依旧天天去赌钱。"他输钱之后，心情不好打我的时候，我就会喊妈妈救命。爸爸打了我很多次，我哭着滚坐在地上，不停地喊着妈妈，但是妈妈再也没有来抱过我。"

于是，赖家益再也不喊"妈妈救命"这4个字了。"我就觉得好像我突然懂了，妈妈不会再回来了，再喊也没用。"

关于妈妈，留在赖家益脑海里的都是美好的回忆。

赖家益清楚地记得妈妈把他背在箩筐里的那种美好。赖家益小时候最大的安全感来源于妈妈的箩筐。那箩筐只有妈妈喜欢背，它很大，是竹篾织成的，背在妈妈的身上，足足占据了她一半的身子。

他刚会走路的时候，妈妈下甘蔗地，背着一个箩筐，去采甘蔗芽回家喂猪，小小的赖家益就被妈妈放到箩筐里，箩筐紧紧地兜裹着他，他随着妈妈走路的节奏一晃一晃的，不知不觉中就进入了梦乡。

无论前面的路多么颠簸，只要蜷缩在妈妈的箩筐里，他总能忘掉所有不开心的事情。他能隐隐听到妈妈的喘息声、路边蟋蟀的叫声，以及山泉的淙淙声。

妈妈采完甘蔗芽就会随手递给他,他会特别乖巧地帮妈妈把采到的甘蔗芽放到箩筐里。等装得满满当当,他完全埋在甘蔗芽里的时候,就会喊:"妈妈,回家!"那是赖家益童年最开心的时光。

"妈妈是壮族人,有她们民族的劳作方式。"赖家益说,他还记得妈妈取下箩筐时,肩背上有两条很深的印子。

妈妈是全村公认的能干的女人,会犁地,会开拖拉机,能劈柴,担担子……妈妈只要下了地,就仿佛抵达了属于她的战场,撸起袖子就开始干活。

妈妈喜欢带着他和姐姐上山采药材。"山上有野果,我和姐姐都会在那里一边摘一边吃,山里的野果有的又酸又涩,有的很甜。有时候,那些野果的汁水溅到脸上,满脸都是黏黏的,还有香甜的味道。"

晚上回到家中,有妈妈在,就有热乎乎的饭菜。妈妈做饭的时候,他和姐姐都喜欢一起挤在灶台前,看着柴火被点燃,守着锅里的饭菜,听着水在锅里煮沸时发出的咕噜噜的声音。

童年,有关妈妈的记忆都仿佛是记忆里的珍珠。屈指可数的片段在岁月里闪闪发光,有着温润的光泽,任凭时光荏苒,不曾黯淡,更不曾被遗忘。

"妈妈对我们很有耐心,很宽容。"有一次,是台风天气,下了雨,家里的房子有一处漏雨,雨水顺着漏洞滴下来,渐渐地在地上砸出一个个小坑。

少不谙事的赖家益问了妈妈一个很有趣的问题:"妈妈,我把这个小水坑用铲子挖得很大,里面有很多水,是不是就会有鱼了呀?"

妈妈笑了笑，对他说："没错儿，你把水坑挖大之后，可以放鱼进去养呀，就会得到很多的鱼。"

之后，爸爸回来了，看到房子漏雨，赖家益却还在那里挖坑，可以说是气不打一处来："房子漏雨了，为什么不拿盆子接一下，还在那里挖坑？把家里搞得这么湿，一点儿也不懂事！"

在一个家里，爸爸妈妈的表达永远是不同的，但不管怎样，妈妈总会是最宠爱孩子的那一个。

赖家益爸爸妈妈也曾有浪漫的过往。有一年，爸爸和村里的几个后生带着腊猪脚，拿着棉被还有其他礼物到壮族的寨子去，住了几天之后，爸爸在河边看到一个头发长长、笑容明媚的壮族女子在洗衣服，就鼓起勇气走了过去，把自己手里的腊猪脚挂到她的脖子上。

第二天，那女子来河边洗衣服的时候，带着一罐子亲手煲好的猪脚汤。当她把罐子递过去的时候，赖家益的爸爸心跳得特别快。

根据当地的风俗，女子接受了男子的腊猪脚和礼物，就意味着女子看上男子了，愿意嫁给男子。于是，女子就这样被赖家益的爸爸从泗城镇领到红锦村，那个女子就是赖家益的妈妈。

一起去泗城镇讨婆娘的年轻后生都带回了自己的新娘。其中有一个女子和赖家益小学同学的爸爸结婚了，他们一直过得很幸福。

"只有我的妈妈走了。"

赖家益只去过外婆家一次，妈妈走后，他和外婆那边就彻底断了联系。

妈妈刚走不久，爸爸带着赖家益和姐姐去外婆家找妈妈。赖家益发着高烧，听说要找妈妈，便强忍着头疼，挣扎着和爸爸一起去，他很想妈妈。

可是，外婆依旧不让他们进门。爸爸无奈地在外婆家旁边租了一间房，住了好几天，说了很多好话，依旧不见妈妈的踪影。

赖家益的小学同学余勇就住在外婆家不远的村里。听余勇的妈妈说，那几天，妈妈并没有走，只是一直躲在邻居家，不愿意见他们。妈妈是彻底伤心了。

4. 姐姐和我就是爷爷奶奶的第 5 个和第 6 个小孩

孩子年龄越小越需要被宠爱，这个世界上，除了妈妈，爷爷奶奶的怀抱就是赖家益最幸福的港湾。

"爷爷奶奶非常辛苦，叔叔在外工作，小姑在外读书，爸爸外出打工，家里基本上没有什么经济来源，都靠爷爷奶奶种甘蔗、上山采一些草药换钱，有时候爷爷扎一些笤帚之类的去镇上售卖。"赖家益很少听到爷爷奶奶抱怨生活，他们只是闷头劳作。

日子慢慢地走过，一转眼到了上学的年龄。

"益仔，你如果不好好学习，个头又这么小，也没有力气干活，以后靠什么活哟！"从小，奶奶就会在赖家益的耳边唠叨。

因为在学校常遭到一些同学的欺负，赖家益慢慢对上学变得很抵触，但是他从不把校园里的事情对爷爷奶奶说。每次见到赖家益显露出不愿上学的心思，爷爷就会特别生气："益仔，你是不是又不听老师的话，在学校惹祸了，还是因为作业没有写？"赖家益不说话，只是默默地低下了头。

有一次，到了上学的时间，赖家益任凭爷爷奶奶怎么催促都坐在床上不动。爷爷急了，举起笤帚对着他就是一顿猛打。"我看你是故意气我，老师得多着急呀！"那一次，赖家益无奈地背上书包，走出了家门。

到了第二天，赖家益还是不愿意去上学，爷爷干脆不打了，赖家益一个人在家里待着害怕，就跟着爷爷奶奶到山上干活。

到了中午，爷爷奶奶的衣服背后都湿透了。古稀之年的爷爷，背已经有些弯了。一辈子和黄土地打交道，爷爷奶奶不太懂得外面的世界，也不向往外面的世界，但他们希望自己的后人能够看到外面的世界。对于自己，他们只希望能够平静地走完这一生，不用吃很好的饭菜，不用穿很贵的衣服，不用住很豪华的房子，只要一家人平平安安就好。

为了躲避太阳，赖家益只好悄悄地躲到芭蕉地里面。他从芭蕉地悄悄露出头，望向正在劳作的爷爷奶奶，看到他们在太阳底下闪着银光的白发时，"我心里突然咯噔一下，意识到了爷爷奶奶的辛苦"。

干完活儿往回走的时候，赖家益已经扛不住了，靠着芭蕉树打起了瞌睡。于是奶奶就背着他从山坡上往家里走。到了家门口，赖家益才发现，自己的衣服和奶奶的衣服黏在了一起，奶奶后背满是汗水。

"爷爷奶奶有4个孩子，我常常有这样一种感觉，姐姐和我就是他们的第5个和第6个孩子。"赖家益说。

◆ 和爷爷奶奶在一起

◆ 爷爷奶奶家：以前、建设中、现在。

爷爷奶奶最疼爱的就是赖家益和姐姐。爷爷奶奶到镇上卖了草药，总会给他们俩买回来好吃的。姐姐喜欢吃糖果，爷爷奶奶就会买很多糖果回来，赖家益是有什么就吃什么，没有什么特别的要求，饼干、瓜子、果冻都是他童年的最爱。

奶奶喜欢把东西藏在袖子里面，每次奶奶从镇上回来，赖家益都会好奇地扑上去掏奶奶的袖子。奶奶鼓鼓囊囊的袖子里总是藏着好吃的，有时是糖果，有时是水果，"反正小时候有东西吃就会特别开心"。

赖家益说："干活儿实在是太累了，爷爷奶奶看到我不去上课会很不开心，我不想让他们着急，就硬着头皮回学校上课。"

5. "你是个笨蛋，妈妈不会再回来了"

童年时，你有和一头牛倾诉心事的经历吗？

童年时，你有和一头牛有亲人般的情感吗？

童年时，你有和一头牛相互陪伴的时光吗？

也许，你都没有。但是，赖家益有。

在山村，一头牛、一只狗、一只猫有时就是家里很重要的成员，这些生灵承担了陪伴孩子们在童年成长的任务。

平时放学，爷爷会叫赖家益去放牛。家里养的是水牛，其中一头是黄色的母牛，赖家益管它叫"喂"，家里养了"喂"很多年。它是家里的功臣，除了耕田干活，还生过五六头小牛，给家里换了不少的钱。

"喂"的力气很大，赖家益小小的个头根本拉不动它。每每牵着绳子去放它，赖家益都被它绊个跟头。有一次，赖家益没有拦住"喂"，它就跑到别人家的农田里，吃了那家的农作物。回家之后，赖家益被爷爷责骂了一顿："怎么放的牛，真是一点儿用也没有！"

爷爷奶奶家最多的时候养过 4 头牛，家里的牛可以说是赖家益和姐姐的"玩伴"。放牛时，牛吃草，他和姐姐一起到山坡上玩耍，开心至极。

"放牛的时候，我常天真地跟牛说一些心里话。我很喜欢'喂'。它的年纪有点大了，每一次耕完田后都会气喘吁吁的，鼻子里冒着热气，嘴里流着口水。"赖家益很心疼，总会主动多割一些青草去喂它，因此，那头牛见到赖家益时总是很亲近。

◆ 小家益和家中的牛儿倾诉心事　作者：王垚

一般来说，母牛生了小牛不久之后，小牛就会被卖掉，再生一个，还是会被卖掉，因为只有卖掉小牛，才会有钱，母牛是留着用来耕地的。有一次，母牛生的小牛又被卖掉了，母牛就一直在那里哞哞地叫，眼里泛着伤心的泪花。

赖家益凑过去和这头母牛说："喂，你是不是很想念自己的孩子啊？你知不知道，我也很想念自己的妈妈，但是我不伤心，因为妈妈到过年的时候，就会从广东打工回来看我，你到时候也能见到她呢！"

在一旁玩耍的姐姐听到赖家益这么说，就会用手使劲地捶他，然后，一边哭一边大叫："你是个笨蛋，妈妈不会再回来了，妈妈不要我们了！"

虽然姐姐这么说,但是和一头水牛倾诉自己的心事,就像和最好的朋友聊天,赖家益依旧觉得很快乐。

6. 大他两岁的姐姐成了他的"守护神"

在学校上学,"最要命的是同学们不爱跟我玩,他们说我是石头缝儿里蹦出来的孩子"。

平时,赖家益和大多数同学一样,都是带饭在学校吃午饭。冬天的时候饭是冷的,到了夏天,饭菜有时候是馊的。这些对于赖家益来说都没有关系,最不能忍受的是,他带饭去学校的时候,有的坏小孩会往他的饭里偷放石子儿等异物,一盒饭没办法吃,最后只能饿着肚子回家。

能为赖家益出头的人,只有他的姐姐。

有一天,几个大一点儿的同学,不怀好意地挡在校门口,赖家益经过的时候,其中一个走过去拦住他,推了他一把,说:"你是石头缝儿里蹦出来的吧?你妈都不要你了!"还有的说他是"野孩子",等等。赖家益像个木头人一样站在那里,任凭众人推搡、嘲笑,弱小的他无力反抗,只是嘴里小声地说:"你们想干什么?别欺负人啊!"

正在赖家益被欺负的时候,姐姐刚好出校门,看到那个推搡赖家益的高高的男生,想都没有想,一下子就扑了上去,和那个男生打在了一起。

"不许欺负我弟弟!"

赖家益则呆呆地立在那里,也不敢冲上去帮姐姐,就在那里轻声哭泣。

终于,姐姐赶跑了几个坏孩子,余怒未消地跑到赖家益面前,说:"别理他们,走,咱们回家!"

晚上在家吃饭,赖家益和姐姐都不敢把遭遇的事情和爷爷奶奶说。吃完饭,爷爷一眼就看出不对劲儿,因为姐姐的脖子上有血印子,是被那个男生用指甲挠的,还有姐姐的衣服,前胸处也被撕破了。

"益仔,不用怕,爷爷一会儿去找他们家长说理,欺负到我头上了,这还了得!"吃完饭,爷爷问清楚带头欺负人的是哪个孩子,然后就出门了。天黑了,爷爷回来,手里提着一袋鸡蛋。

放下鸡蛋之后,他从兜里掏出一盒药膏,开始往姐姐脖子上的伤口抹。"娃呀,咱在学校不要惹事,不要欺负别人,但别人如果打我们的话,我们也不能吃亏,有爷爷给你们撑腰!"

听到爷爷这么说,一直紧绷着脸的姐姐,眼泪突然流了下来,赖家益的心里似有一阵暖流涌过。

父亲不在,幸好还有爷爷奶奶和姐姐。

姐姐赖媛媛从小个头瘦小,皮肤黄黄的。有一年,村里进行人口普查,闹了一个乌龙。由于赖家益看上去比姐姐还要高一些,进行人口普查的政府工作人员以为她是赖家益的妹妹。

姐姐的绰号是"天山童姥",那是金庸的武侠小说《天龙八部》里的一个人物。小说里的天山童姥鹤发童颜,武功高强,她年纪很大,但看上去还是如同孩童一般。

有一次，赖家益和姐姐在村里的小卖部一起看《天龙八部》，刚好播放到天山童姥那一集，小卖部里有个人开玩笑说："家益，你姐姐好像天山童姥啊！看上去那么小。"在场的人听了都哈哈一笑，从此，姐姐"天山童姥"的外号就传开了。

妈妈离开之后，爸爸外出打工，上学的日子，大他两岁的姐姐成了他身边的"守护神"。姐姐对赖家益很袒护，但她不允许他提"妈妈"这两个字。每当赖家益一说"想妈妈"时，姐姐就会打他。

姐姐说："妈妈是没有良心的女人，离开我们就是因为根本不爱我们，你要是有出息，就一辈子不要再想她了！"每当说到此处，赖家益的眼泪就会不由自主地流下来。

"夏天，爷爷奶奶下地干活，要很晚回来，我和姐姐就在门口等候他们。很多时候，我就躺在姐姐的腿上睡着了，姐姐紧紧地抱着我，有时姐姐也会累得睡着。"

等到长大一些，爷爷奶奶出去干活，赖家益就和姐姐在家尝试着做饭。

姐姐一般喜欢做炒米饭，把猪油倒在锅里化开，然后往里面放一个鸡蛋，用铲子搅拌几下，放点儿盐，再把中午吃剩下的米饭往锅里一倒，翻炒几下，一碗香喷喷的蛋炒饭就出锅了。

有一段时间，姐姐不愿做饭，赖家益就蹬着小凳子，爬到灶台上面炒菜，姐姐负责烧火，他们炒好菜，便等着爷爷奶奶干完活回来吃饭。

赖家益还经常陪着姐姐去溪边洗衣服，去菜地里扯菜。

在他7岁那年的秋天，白露刚过，水井旁边的地上长满了苔藓，很湿滑。因为家附近没有水井，姐弟俩要走上一段路，用木桶去打水。姐姐年龄大一点儿，打水的事就落在了姐姐身上。那天他和姐姐去抬水，姐姐的身体有点儿不舒服，从井里往上提水时脚下一滑，掉进了井里！井水虽然不是很深，但吓得她抱着木桶不停地扑腾、哭喊。

"我害怕死了，不知道怎么办，开始的时候就愣在那里。然后才喊救命！"一小时过去，有人来挑水，才把姐姐从井里救出来。第二天早晨，姐姐的头发掉了不少，奶奶说是因为受到了很大的惊吓。

此后，爷爷奶奶不再让年幼的赖家益和姐姐去打水了。"父母不在身边，你们要是出了意外，我们也没法活下去。你们就是我们的命根子呀！"奶奶说。

7. "家益，你在雨衣里吗？"

小时候，赖家益的爷爷对他要求很严厉，有时候急了还会动手打他，但爷爷奶奶，还有小姑、叔叔们都真心疼他。

8岁时有一天，赖家益突然发起了高烧，爷爷找乡村医生来家里，用温度计一量，39.2℃，爷爷奶奶和姐姐顿时变得手足无措。

慌乱中，爷爷给赖家益吃了一些从乡村医生那里拿来的药，然后到小卖部打电话给在北海市上班的叔叔，让他赶紧回来带赖家益看病。

叔叔接到爷爷的电话，马上坐公共汽车回到了家里。傍晚，叔叔骑着三轮车送赖家益去医院。

那一天,在赖家益记忆中是那么深刻。"我发着高烧,觉得天昏地暗,天公也不作美,下起蒙蒙雨,还打着雷,但我坐在叔叔三轮车的后座上,却感到很温暖。"

"家益,你在雨衣里吗?""在。"赖家益有气无力地回答。

"那天,叔叔和我共穿了一件雨衣,我紧紧地搂着叔叔。"成长中缺失的父爱,那一刻,仿佛在叔叔身上找到了。

雷声开始变大,雨点也渐渐大了起来。"我在雨衣里面,听到雷声和雨打到雨衣上面的响声,噼噼啪啪,非常吓人,但又觉得很安全。"

"家益,你在雨衣里吗?"叔叔一边使劲蹬车,一边大声问他。

"在。"

"使劲抱住我啊,别淋着雨!"叔叔大声喊。

"我躲在叔叔的雨衣里面,抱着他,觉得身上很暖。"冒雨来到镇上的卫生院,医生给赖家益打了针,又让他吃了药,然后二人才回家。

"叔叔把我送回家,并没有回去上班,他担心我出意外,又在家照顾了我两天,还给我买了好多水果。"赖家益在成长的过程中,第一次感受到赛过父亲的父爱。

叔叔赖良泰求学时,学习成绩很好,中考时全县第二名,爷爷希望他将来能够当老师,但是叔叔选择去读中专,毕业后被分配到镇上的供销社工作。以前,供销社属于国营单位,后来供销社撤销了,叔叔也就失去了工作,现在叔叔自己做点小买卖。

看到赖家益发烧,奶奶用凉水洗一下毛巾,然后放到赖家益的额头上,为他进行物理降温,让他能够舒服一点。那一晚,爷爷奶奶都守着他,几乎一宿没合眼。到了清晨,奶奶烧了开水,让赖家益把药吃下去,然后给他喂熬好的米粥。

姐姐更是担心弟弟,晚上放牛回来时给他带回来一些"神秘礼物",她从兜里掏出几个野梨,尽管非常酸,但赖家益还是嚼得有滋有味。

晚上,姐姐还偷偷去河里摸了几条小鱼,悄悄洗干净,然后煮给赖家益吃。"我觉得味道特别鲜美,觉得好幸福。"奶奶回来后却批评了姐姐,因为感冒或发烧时不能随便吃鱼,要忌口。

生病的时候,奶奶一般会给他煮一碗面,面里有一个荷包蛋,再加一点儿猪油,最后来一点儿切得很碎的姜丝和葱花就出锅了。赖家益觉得,生病时吃到的那碗面是人世间的美味,是今生今世永久的怀念。

"奶奶年纪大了,腿脚不好,还有一点儿脑梗,所以基本上不能做饭,目前是年近90岁的爷爷在照顾奶奶,有时做一点儿饭菜吃,但爷爷做不出那碗面的味道。"

生病的时候,家人给予了赖家益全部的温暖和爱,尤其是叔叔,别看他平时言语不多,沉默中却有着深沉的爱,他的眼神里永远带着笑容和鼓励。"你一定要好好的呀!"叔叔说。

8. 爸爸说,那句话肯定不是他说的

小时候,爷爷常常和赖家益说一句话:"你小姑还有你叔叔,从

来没有让我和你奶奶操过心。"爸爸和赖家益一样,从上小学时,就非常不爱学习。

成年以后的爸爸赌钱、喝酒、打架,让爷爷奶奶操碎了心,他们不明白自己的儿子后来为什么成了这个样子。

"就像人有10个手指,伸出来不一样长,一个家庭的几个孩子的发展其实差距也是很大的。"赖家益非常感慨,幸亏自己的生命中能够有姑姑和叔叔这两位亲人的帮扶。

妈妈走后,爸爸到广东去打工,一年到头不打几次电话,只是偶尔会回家。

"我小的时候,爸爸基本上不回来看我,抱我们姐弟俩这样的事儿更是没有。"有一次过年,赖家益被爸爸打了。对于小时候的赖家益来说,挨打是常事。

爷爷奶奶见孙子被打,很生气,赶紧起身护着孙子。

小时候,爸爸一旦赌钱输了,回家后就生气地赶赖家益出门。跑出家门的赖家益无处可去,就睡在稻谷场里。他在稻谷场上挖了一个洞,然后把身体蜷缩在稻谷里,虽然身子有点儿痒,却像躺在一个温暖的怀抱里,很安稳。

爸爸跟爷爷奶奶的关系一直很僵。爷爷奶奶认为就是因为爸爸赌钱,才把妈妈气走了。看到爸爸打孩子,爷爷很愤慨:"造孽!"

一次,爸爸赌博回来,对赖家益说了一句令他非常伤心的话。

"直到现在我都觉得这种方式是不对的,对我的内心造成很大影响。"

赖家益深深低下了头,眼泪瞬间夺眶而出:"'你爱死哪儿,就死哪儿去，别来烦我。'——这种话居然出自爸爸之口。他赌钱回来心情不好，什么都会说。"

爸爸现在年纪越来越大了，不会说这种狠话了，也不再赌钱了，变得越来越好了，跟爷爷奶奶的关系也在慢慢地缓和，现在几乎每天都会来爷爷奶奶家帮忙。

有一次，他和爸爸在无意间聊起这件事，爸爸说那句话肯定不是他说的，他怎么可能和儿子说这么难听的话！

"但是，我记得很清楚，因为那时候我对爸爸的记忆还是蛮清晰的。不过'复盘'时爸爸不认账，他否认自己说过。那么，我也希望能够在以后的岁月里，慢慢地把这句话淡忘，就当是记忆发生了偏差。我愿意，在我的记忆里，爸爸的形象永远是高大的。"

很多伤害刻骨铭心，在受伤者心中，可能终生不能消减，但是，施害者往往对此过后即忘，甚至没有丝毫的记忆痕迹。这就是所谓的无心之过，伤人至深，却无法补偿。因为当事过之后提及，施害者会有自己很无辜的感觉，不相信自己做过那样的事情，认为别人会记住这样的事情并因此而怨恨自己，这对自己很不公平！

9. 消失的 5 毛钱

"真的不是我！"这是赖家益对老师说的一句话，只此一句。他始终低着头，手攥得紧紧的，盯着自己面前的地面。

"如果不是你，为什么同学们都说是你？"面对老师的追问，赖家益依旧默不作声。

"如果是你拿了同学的钱,就去跟同学说一声对不起。"老师说。

赖家益没有言语,眼泪在打转。

课间时,老师执意让他当众给同学道歉,他站着不动。教室的那个无人问津的角落里,此刻聚集着全班人的目光。

"小偷!""不说话就是承认了呗!"……

那一刻,无数质疑的声音扑面而来。那天下午,回家的路,显得格外的长。

班上有个同学丢了5毛钱,因为找不到小偷,全班同学便将矛头指向了赖家益。最终,爷爷奶奶从村里别的同学家长的口中得知了这件事。

"他平时在家里都不敢拿东西,怎么可能在学校拿别人的钱呢?"听到姐姐的话,赖家益仿佛像是抓住了救命稻草一般,不再那么委屈。"至少是有人相信我的。"他心里这样想着,怯怯地站在爷爷奶奶面前,接受着盘问,低着头不说话。

被误解,是赖家益成长的常态。

每个孩子敏感脆弱的内心都渴望着被信任和尊重,他也一样,受委屈的时候多希望有一个温暖的怀抱啊!妈妈走后,生命似乎失去了所有色彩。他把自己关在一个狭小的世界里,干脆不再表达。

于是,沉默成了他的武器,沉默也成了他遭受质疑时唯一的反抗方式。

看他不说话,爷爷抄起手里的笤帚,朝他身上猛打。奶奶见状,赶忙把赖家益拽到一旁,从袖子里拿出皱巴巴的5毛钱,用手捋平,递给赖家益说:"把这5毛钱给同学还回去。"见他没有反应,奶奶继续说:"不是你就更好了,如果不是你,也要把钱还给他。假如你以后当了老师,要好好对待每一个学生!"

赖家益从那双皱巴巴的手里接过5毛钱,泪花噙在眼眶里不肯掉落。

这样的日子,一天天过去了。

赖家益默默地坐在教室的角落里,有着无法诉说的孤独。他一个人无声地上课、下课,没人关注他,自己也害怕被老师和同学关注。"到后来,老师也不点我的名字,不让我回答问题,我很渴望老师点我,但是即便我举手,老师也不会给我发言的机会。"

赖家益的心里,不想上学的情绪日益浓烈。

在学校玩跳绳,一群孩子聚集到一起,他因为个头小,基本上插不进去。

"他们都不跟我玩儿,可能是因为我太内向了。"每当这个时候,大他一个年级的姐姐就会走过来,不说什么话,但是,会和赖家益站在一起。

也没有同学主动邀请姐姐玩跳绳,于是他们就默默站在一旁,什么也不说。

放学回到家里后,赖家益和姐姐拿着绳去找家里的水牛玩儿。他们把绳的一头绑在牛角上,姐姐站在另一头摇绳,赖家益跳,跳输了,就轮到姐姐跳。

老牛真好,像通人性一样。它知道赖家益和姐姐要玩跳绳,就站在那里一动不动,像钉在地上一样。见他们玩累了,它就温顺地低下头,让他们踩着它的牛角爬到背上去。

老牛陪着姐弟俩，趴在山坡上闻过野花的芳香，也一起看过夕阳，走过雨后乡间泥泞的小路。

赖家益下地干活，拉着这头牛走在乡间的小路上。无论内心是喜是悲，天空是晴是阴，老牛都会陪在他的身边，听他诉说，给予他一种特别的安全感。

他对着老牛哭过好多次，老牛仿佛知道他对妈妈的想念，知道他在学校被欺负。

在学校里走路的时候，有一个很调皮的小男孩总会跑过去一下子脱掉赖家益的裤子，然后飞快地跑开，所有同学都在那里看着他，大笑。那个时候，赖家益恨不能找个地缝儿钻进去。

受到同学的欺负，赖家益也去找过老师，老师却说："如果你没惹人家，人家为什么总是找你的麻烦呢？"

听到老师这样说，赖家益走出办公室的门，一低头，泪水便夺眶而出。从此，他再也没有去找过老师。

有一天，赖家益去放牛，在山坡上，他趴到老黄牛的后背上晒太阳，搂着它的脖子说："老牛，老牛，你相信吗，我长大后一定要变成奥特曼，拥有宇宙无敌的超能力，回来打他们。"老黄牛静静地立在那里，眺望着远方，冷不丁发出"哞——哞——"的叫声，仿佛是在安慰他一样。

"那时的我，自卑、敏感、孤独、胆小到了极点。现在我当了老师，如果有学生来和我说他与同学之间的矛盾，我一定会认真调查，绝不像当年我的老师对待我那样。"

在村小读书时，赖家益每一天都过得很煎熬，被同学欺负是常事,他学习跟不上,成绩差,极度厌学,非常不开心。

试卷上都是 50 分、45 分、65 分这样的分数,老师批改的红色错题标记显得那么刺眼。

糟糕的情绪就像是多米诺骨牌,大概是从因为每次主动举手,想回答问题,却都被老师无视开始,厌学的种子便在他幼小的心灵里萌发,并在之后日复一日地在被忽视中疯长,一发不可收拾。

10. 姑姑:"我必须把两个孩子接出去读书"

每个周末,赖家益都会满怀期待地跑去村口,期待着一个身影的出现。在赖家益有关童年的记忆中,小姑是温暖的、美好的,能够给整个家庭带来最温暖的色彩,他一直管小姑叫姑姑。

姑姑在镇上工作,每次回来都会带很多好吃的,会带鸭肉、鸡腿,更让他开心的是,她会带点心回来。有时候过节,姑姑还会带苹果、鸭梨等水果,对于年幼的赖家益而言,这些东西都是奢侈品。除了买东西,姑姑还会偷偷给他们一点儿零花钱,每次回来会带着赖家益出去理发。有一次,姑姑还特意买了一把剪头发用的推子,给赖家益在家理发。

"姑姑每次回来的时候,我都会黏着姑姑让她抱。直到我上了小学二年级,还经常让姑姑抱着我,我就像一个特别小的宝宝那样,把自己的脸贴到她的脸上。我真的是太依恋我小姑了。"

姑姑放假回红锦村的那几天,就是他最开心的时光。有时候,姑姑会带着姐弟俩去县城里玩,给他们买衣服、买鞋。那是姐弟俩被超级宠爱着的时光,是他们的温馨时刻。

"姑姑给我买的笔盒都是非常时髦的,去学校的时候拿出来跟同学们炫耀,同学们的眼神里都是羡慕。"

那些快乐的时光填补着一个孩子心灵的空缺。不可否认,姑姑用爱与关怀满足了赖家益童年时对母爱的渴望,把赖家益因母爱缺失而空荡荡的内心填得满满的。

有一个周末,赖家益在放完牛准备回家的路上,将喂完牛剩下的草左缠右缠,结成一个环。他举起这个亲手做的"草戒指",心里想着:"姑姑一定会喜欢的。"他还在脑海里想象着姑姑接受他"求婚"的场面,笑容不觉爬上了脸庞。

赖家益长大之后,姑姑常拿这件事打趣他。她不会忘记,曾经有一个10岁的小男孩拿着一枚"草戒指",像模像样地和她说:"姑姑,你嫁给我好不好?这样,我们就能永远在一起了。"

赖家益的名字,是姑姑起的。姑姑说,希望他长大以后可以成为让国家信赖并且对国家有益的人,于是为他取名为"赖家益"。或许,从给这个小家伙取下名字的那一刻,姑姑的一段人生就注定和赖家益绑在了一起。

"我必须把两个孩子接出去读书,再这样下去,两个孩子真的要毁了。"姑姑看着姐姐脖子上的伤,才知道原来孩子们在学校里并不像自己想的那样顺利。她下定决心要把两个孩子接出去读书。

姑姑中考后选择了读中专,那时候中专毕业是直接分配工作的。中专毕业后,姑姑通过自考专升本,考上了本科。当时,姑姑刚刚大学毕业,找到了一份稳定的工作,每个月的工资是足够她自己一

◆ 9岁的赖家益（右一）、和姑姑、姐姐在一起

个人过正常生活的。

"我看你拿什么去养两个孩子？"爷爷犀利的质问并没有让姑姑退缩，那时候的她宁愿自己吃苦，也不忍心看着这两个可爱的孩子这样下去。

"你自己不谈恋爱，不结婚生子了？"爷爷很担忧地看着自己这个懂事的女儿，心里五味杂陈。赖家益的爸爸外出打工，已经很久没有音信了，不曾给年迈的父母寄钱，也不曾给一双年幼的儿女打电话交流。

"也许，这些都是命，是孩子们与你的缘分。"爷爷无奈地念叨道。

在赖家益读到小学三年级下学期时，姑姑帮赖家益和姐姐办完转学手续后，便接了他们姐弟俩到镇上读书。姑姑在小镇边上租了一室一厅的小房子，她每天五点半准时起床做早饭，送姐弟俩到校后，再乘大巴车到镇中心的单位上班。

每到了晚上六七点钟，躺在客厅快睡着的赖家益，听到门外高跟鞋咯吱咯吱的声音，再加上几声咳嗽，便知道是姑姑回来了。这是他们之间的"暗号"。下班后，姑姑洗好菜，马不停蹄地开始做饭，赖家益便在一旁陪着。

这样的温馨画面，常常使得赖家益在恍惚之间想起妈妈，那时他就喜欢守着妈妈做饭……

"除了亲情，姑姑是我人生中的一个贵人，她引领了我，让我成为现在的我。"转学到镇里小学读书，可以说是赖家益人生的重大转折。如果说儿时那些不太美好的经历赋予了他坚韧的品格，那么转学后的求学时光则真正塑造了如今阳光、温暖、坚强的赖家益。

赖家益无疑是幸运的,那把照亮人生的炬火不早不晚地出现在了他的少年时代。从此以后的路便有如从前上学走的那段山路一样,虽满是泥泞,却始终是向上延伸的。

六一儿童节赖家益参加课本剧《花木兰》的演出（左三为赖家益）

第二章

无条件的爱还是施恩望报

缺爱曾经让童年的赖家益几乎陷入窒息的人生，随着他的成长，进入了社会大家庭的他，迎来了意想不到的大爱人生。那些不附加任何条件的爱像潮水一样向他涌来。施爱者不仅不求回报，甚至都不知道自己付出的爱已经深深地在一颗纯洁的心灵上生根，并且结出了硕果。

人们总会把没有条件的爱当作自己天经地义应该得到的，得到爱却不感恩，伤透了善良的心；然而，缺爱又渴望爱的我们，似乎又总是被施恩望报之人再次伤害，甚至陷入被"PUA"的循环中，难以自拔。

从小缺爱的赖家益，被"大家庭"呵护的赖家益，到了更广阔的社会大家庭中，他会把这些他并没有期待的爱当作什么呢？

对身世可怜的孩子，赖家益给予让他们受宠若惊的爱，他会特别自豪并期待这些孩子有出息了之后报恩吗？

11. "赖家益同学是老师唯一的老乡哦"

对于赖家益而言,转学无疑是他一生中最重要的转折点之一。未来的一段岁月里,姑姑是他的姑姑,更是他的妈妈。赖家益转学去读书的泮塘小学,现在的名字叫廉州镇第九小学。

赖家益清楚地记得第一天到学校上学的情景。

"那天我穿着表哥的旧衣服,从小到大我基本上都是捡亲戚家穿剩下的衣服,没有穿过几件新衣服。"在赖家益的记忆中,这个细节从不曾忘却。

泮塘小学的语文老师周文静和姑姑是石湾中学校友,读初中时曾打过几次照面。开学第一天,姑姑送赖家益去上学,看到他的班主任竟是周老师,惊讶之余多了些安心。

学校很大,很新,墙壁很白。校门是一个高高的大铁门。

赖家益走到三(2)班教室门口,有点胆怯,低着头,没敢往教室里面进。

这时,一直站在教室门口的周文静老师笑吟吟地看着他。那天,周老师穿着一双半高跟鞋,一袭黄色长裙。她看到赖家益之后,一弯腰就把他抱到了教室里。

到了教室里之后,全班同学都打量着这个瘦瘦小小、白白净净的男生。

"同学们,我们班来了一位新同学,请大家鼓掌欢迎!"随着周老师的介绍,教室内掌声四起。

"下面,请你做个自我介绍,好不好?"周老师弯下腰,对赖家益说。赖家益的普通话讲得不太好,有点儿自卑,但看到周老师充满鼓励的眼神,便轻轻朝周老师点了点头,然后对着同学们轻声地说:"大家好,我叫赖家益。"

然后,他紧张得不知道下一句该说些什么,只是羞涩地笑了笑。

周老师用一只手按住赖家益的肩膀,笑容可掬地对同学们说:"告诉大家一个秘密,赖家益同学是老师唯一的老乡哦,你们可要帮我照顾好他呀!请同学们多帮助他,多关心他,让他能够迅速融入我们这个充满友爱的大集体!"听到周老师这么说,同学们的眼睛好像突然变亮了。"了不起,居然是老师的老乡!"教室里又响起一阵热烈的掌声。

周老师牵着他的手,把他送到了座位上。

看着同学们羡慕的眼神,赖家益心里有点儿得意,有种说不出来的亲近感。

在课间的时候,好几个同学都过来围上赖家益。有个同学送给他一个橡皮擦,说:"赖家益,我们做朋友吧!"还有的同学送给他本子、铅笔。看到赖家益的乘法口诀背诵得不是很熟练,教数学的黄老师还特意送给他一个印着九九乘法口诀的铅笔盒。

在这间教室里,赖家益有一种强烈的被所有人关注的感觉,这和以前在班上读书的感受有天壤之别,以前,他曾经是角落里那个被整个世界忽略的小孩。

转学第一天,到了吃午饭的时间,班长拉着他的手从三楼往下走,说:"赖家益,我们一起去吃饭吧!"在赖家益眼中,这些同学真的很友好,一点也不欺生。

走到饭堂之后，班长怕赖家益一个人吃饭孤单，就和他一起吃，还叫上班上的其他男同学过来一起吃饭。吃饭的时候，周老师也来了。她给赖家益夹菜，菜里有咸鱼，还有小虾。

有这么多人陪着他，他心里好感动，但是那天，他却不怎么敢吃饭，也没有放开饭量，没有吃得太饱。

放学的时候，一般是老师或者班长带队把学生领到校门口，然后，有父母来接的学生就和父母走，没有父母接的学生就自己走回家。第一天放学，是周老师领着学生走出校门，赖家益那时个子在班上最矮小，理所当然地排在了第一个。

周老师很自然地牵起赖家益的手，赖家益条件反射似的往回缩了一下。周老师依然紧紧地抓着赖家益的手，这一次，赖家益的手没有再往回缩。

第一天放学回到姑姑家，赖家益和姐姐都很开心，毕竟是新生活的开始。姑姑下班回来之后就扎进厨房，做了赖家益和姐姐平时最喜欢吃的炒鸡蛋、红烧肉、炒土豆丝。赖家益平时喜欢吃比较瘦的红烧肉，于是，姑姑买的基本上都是瘦肉。那一晚，赖家益觉得非常开心。

12. 周文静老师给家益"开小灶"

有一些童年时获得的温暖、感受到的光亮会一直温暖着我们的心灵，并照亮来时路。

对于赖家益来说，他最后能够成为一名乡村教师，正是他自己

"追寻光,成为光"的过程,就像一首歌唱的那样,"长大后我就成了你"。

在泮塘小学,周老师对赖家益充满了无微不至的关爱。每天早晨一到学校,第一句话就是"家益,吃早餐没有?"她脸上慈爱可亲的笑容打消了赖家益的胆小和怯懦。

周老师在平时更是经常对他委以"重任"。"家益,你帮我把同学们的作业本收一下,然后送到办公室来。""家益,你帮老师擦一下黑板,好不好?"由于个头矮,赖家益被老师安排到第一排就座,他再也不是教室最后一排低着头读书的孩子了。

慢慢地,同学们注意到,这个刚来时总是低着头的小男孩,脸上有了笑容,上课举手回答问题的次数也多了起来。

很快,第一次单元小测验出成绩了,赖家益只考了30多分,全班最低分。能够得分的题目,都是死记硬背的简单题。班上其他同学的分数都很高,还有几位得了满分。

周老师决定给赖家益"开小灶"。

赖家益所在的学校有宿舍,午饭后学生们都回到宿舍午休,赖家益的床位刚好挨着窗口,他和同学们一起爬上床,正准备午睡,这时候周老师轻声走到宿舍门口。

周老师轻轻地敲打了一下窗口,对赖家益招招手,示意他"出来",赖家益马上心领神会地跑出宿舍,和周老师来到办公室。周老师边批改作业,边看着赖家益写作业。遇到赖家益不会的题目,周老师就给他耐心讲解。

慢慢地,周老师发现了问题,赖家益的拼音基础不好,有些读音发音不准确,声音也小小的。于是,周老师就主动帮他矫正汉语拼音的发音。

"周老师有一个绝招。我读拼音,张不开嘴,周老师就把她的汤勺在我嘴巴里立起来,帮我撑开,让我把拼音开口读出来,比如'g、k'等。有一些发音不用张大嘴,周老师就把筷子放到我上下排牙齿中间,让我咬住,比如'j、q'等。这样训练一段时间之后,我的拼音规范了很多。"

赖家益和周老师重新学习汉语拼音的过程,其实也是内心疗愈的过程。大胆发声并练习朗读,让这个小小少年的心里敞亮了不少,那种感觉概括起来就是两个字——自信。

周老师不仅自己给赖家益补课,还动员其他老师帮助赖家益补习。星期一中午是周老师补习语文,星期二中午是数学老师,星期三中午是英语老师,赖家益的"午间小灶"品种繁多,营养丰富。

一天,周老师坐对桌的老师问:"周老师,这孩子是你亲戚吧?你为什么总是对他这么关心?"

周老师说:"不,他是我老乡的孩子。"

听到周老师这么说,赖家益瞬间很感动,在其他老师的眼里,赖家益和周老师是很亲的。如果不是亲戚,没有老师会这么做的。

赖家益被"开小灶"的时候,其他同学也很好奇,特别是班上的学习委员。

学习委员询问的语气明显有点儿吃醋:"周老师怎么每一次都叫你去啊?这样很不公平。"吃饭的时候,她朝赖家益抱怨,扫地的时候也朝他说。

赖家益听了有点儿压力，有一天中午就跟周老师说了，周老师听后就笑了，说："没事，没事！学校正准备开展'兴趣拓展'，成立'课外兴趣小组''语文兴趣小组'，每周一、三、五活动，到时候，同学们都可以积极参加呀！"赖家益听后使劲儿地点点头。

学校的各种"兴趣小组"定在下午课后。这天，周老师把参加"语文兴趣小组"的学生领到校园的草坪上。她说："同学们，今天我们的活动内容是写一篇观察作文。现在春天到了，请大家跟我到学校旁边的菜地里看看，青菜长得怎么样，菜地里有没有菜青虫、七星瓢虫、蝴蝶等小昆虫。"

"我们把作文写好之后，周老师帮我们逐个批改，然后把改写的习作发给我们。慢慢地，我们的写作能力提高了，过去觉得写话、写作文很难，但通过半年的'活动'，我们懂得了观察生活的重要性，对写作文逐渐有了兴趣。"

到了小学三年级下学期结束，放寒假之前的期末考试，赖家益的语文成绩是 80 分，其他学科的成绩也有了大幅度提高。"我从来没有考过这么高的分数，我很高兴，姑姑也很高兴。"

13. 人生中第一次得到奖状

在赖家益两年半的借读时光里，周老师无疑是赖家益生命中极为重要的人，他从周老师那里感受到了一名真正的乡村教师的形象。同时，他也因为周老师的鼓励和关怀，勇敢地抬起了头。

开学几周后，周老师看到了赖家益眼神里犹存的那一份胆怯，于是就安排他当了小组长。做小组长的赖家益，可是忙得不得了，每天早上要按时帮老师收同学的作业本，然后把作业本放到讲桌上面。小组长还经常要在课堂上组织小组同学讨论老师提出的问题，然后代表小组同学做总结发言。赖家益在课堂上说的话越来越多，整个人也变得自信、勇敢起来。

"小组长要以身作则。如果自己不完成作业，就会心里过意不去。所以，我如果当天晚上没有完成作业，就会第二天早早起来把作业写完，然后再去上学。"

当了小组长，赖家益的作业写得越来越工整，之前在村小读书时，他可是班上出了名的"不做作业的主儿"。

这样的转变是赖家益自己都没有想到的，他喜欢上了学校，喜欢上了读书，也喜欢上了自己的班级和班里的每一个同学。

有一次课间，赖家益心情不错，就轻声哼唱起歌曲，刚巧被周老师听到。周老师开心地说："家益，老师又发现了你的一个小秘密，想不到，你唱歌这么好听！"

周老师给赖家益选了一首歌，并且一遍遍地教他唱。这首歌的名字是《同一首歌》："鲜花曾告诉我你怎样走过，大地知道你心中的每一个角落，甜蜜的梦啊，谁都不会错过，终于迎来今天这欢聚时刻……"没人的时候，赖家益就偷偷地从书包里把老师打印出来的歌词和谱子拿出来，一遍遍地唱。

有一天课间，周老师见学生们在追逐说笑，使劲儿地拍拍手说："同学们，我们请赖家益同学给我们唱首歌，好不好？"

同学们齐声说"好！"然后都目不转睛地看着赖家益。

赖家益鼓足勇气，唱出了那首周老师陪自己多次练唱的《同一首歌》。当他的歌声婉转悠扬地飘荡在教室里的时候，同学们都安静得像只能听到自己的呼吸一样，他的歌曲演唱结束，教室里立刻爆发出一阵阵热烈的掌声和叫好声："再来一个，真好听！"赖家益羞涩地朝周老师望去，眼里都是感激的目光。

在同学们面前秀了自己的唱歌才艺后，周老师趁热打铁，鼓励他参加学校小主持的选拔。于是，赖家益当上了年级小主持队的小主持人。有一次，他还主持了学校的一个经典作品朗诵节目。当时，赖家益没有正规的西装外套，同学们就热情地从家里拿来自己的衣服给他穿。当时，好几个男生都带来了自己的衣服，赖家益被幸福包围着，他轮流试穿同学们给他带来的衣服，有的大，有的小，终于，有一套西服非常合身，他很欣喜。

经典作品朗诵会举行的那一天，赖家益很早就醒来了，小小的心脏紧张得加快了跳动。

"我还没有登过台呢，下面那么多人看着，不会紧张吧？"他对姑姑说。

"不会的，周老师就坐在台下看着你，给你加油。"姑姑说，"家益，主持的时候不要害怕，深呼吸，默数一二三四五，然后想'我是最棒的'，就一定会成功！"

到赖家益上场时，他稳步走到舞台中央，转身站定，朝着台下鞠了一个躬。然后，他对着话筒说："尊敬的老师们、可爱的同学们，你们好！我是今天这场朗诵会的主持人赖家益，欢迎大家跟随我们的朗诵，叩开文学经典的大门，徜徉在世界经典名著的海洋，感受新的收获!……"当他说到"有请表演者,掌声欢迎"时,台下响起一片掌声。

那一刻,赖家益的心里充满了成就感。他深深知道,这掌声和欢呼声里有同学和老师给予他的无限深情和鼓励。

有一次,周老师带赖家益和其他三个学生一起去观摩了一次奥数比赛,赖家益当时还不明白奥数是怎么回事。周老师说:"没关系,我们去看看,长长胆识,以后遇到比赛就不怕了。"

观摩完奥数比赛回去的路上,周老师看见赖家益的鞋子破了一个洞,就对他说:"家益同学,你最近表现不错,老师奖励你一双鞋!"同行的还有三个学生,周老师干脆给其他三人也每人买了一双。"每个人都有奖励!"四个男生都高高兴兴地抱着新鞋回家了。

"我并没有入围奥数比赛,但是到了现场,我觉得比赛的氛围真的很紧张,参赛同学都特别聪明。当时,我就想,如果有机会,我也要代表学校出去参加比赛,也一定会拼尽全力,给周老师争一口气。"

到了下半学期,机会终于来了。这一次,赖家益代表学校去合浦县教育局参加全县的小学生讲故事比赛。赖家益讲的是《小鸭子的故事》。为了不出差错,赖家益把整个故事背诵得滚瓜烂熟。

然而,讲故事不只要会背,还要讲究手势动作和声情并茂。

为此,周老师在课下当起了赖家益的诵读教练。周老师告诉他:"在讲故事的时候,一定要把小鸭子走路的样子学得惟妙惟肖。还有,小鸭子的叫声,也要表现出来。一定要记住八个字:绘声绘色,身临其境。"周老师一边说,一边模仿着小鸭子的动作,摇摇摆摆地走起来,赖家益忍不住笑出声来。

比赛前,赖家益紧张地观望着,轮到他上台的时候,他就拿出了周老师给他的秘密武器——一个大大的鸭子嘴,戴在头上之后显得活灵活现,又特别好笑。

轮到他表演时,周老师不放心,于是就在舞台下面悄悄地给赖家益当指挥,对照他讲到的地方做着提醒动作,这使赖家益心里踏实多了。

这次比赛,赖家益获得了二等奖。

"这是我第一次得到奖状,姑姑把它郑重地贴到屋里最显眼的地方。白色的墙面上,奖状显得特别醒目。"

14."我上电视了,一定要注意收看今天晚上的合浦新闻"

谁也没有见过天堂,但如果时光能倒流,你站在 10 岁的少年赖家益的面前,询问他天堂的模样,我想,他一定会毫不犹豫地告诉你:"嘻嘻,天堂就是我们学校啊!"

"那时候我什么都不懂,班长'手抄报'编排得很好,还会画画,周老师就安排我跟着他学画画,班长很耐心地指导我,我第一次知道手抄报是什么。"

周文静老师还教会赖家益一个画梅花的小技巧,把粉红色的粉笔浸湿,点到黑板上,然后再用手捻开,这样处理后,梅花的颜色会很鲜艳,很美,能够保持很长时间。

渐渐地，赖家益对画画产生了兴趣。上大学以及实习去讲课时，他都会参与绘制板报。

学习之外，唱歌、讲故事、画画、跳舞、当小小主持人……在这所学校，赖家益的人生第一次有了"开挂"的感觉。

转眼春暖花开，赖家益在泮塘小学上四年级了。那年的六一国际儿童节，10岁的他表演了平生第一个节目——课本剧《花木兰》，剧情是花木兰女扮男装替父从军，最后荣归故乡。

"当时，老师说花木兰是女孩，得由女同学扮演，我还闹了点儿小脾气，急得眼泪都出来了。后来老师又说，可以让赖家益演花木兰的爸爸，他一定能够演好。"于是，赖家益手拄一根拐杖，扮演了花木兰的父亲。为了表现出父亲年迈体弱的形态，他一边拄着拐杖，还一边说话一边咳嗽，被同学们笑称为"戏精"。

"虽然台词不是很多，但穿上特制的演出服像模像样的，我特别兴奋。"

为了排练《花木兰》，赖家益和其他参加演出的同学都会在放学后晚走一会儿。"如果天色晚了，老师会给我们买卷粉吃，其他同学都会被爸爸妈妈接走，姑姑有时下班晚了，周老师就会送我回家。"

有一天晚上，周老师送姐弟俩回家，路过一个路口，刚好有一盏路灯是黄色的，从高处照下来，周老师的影子映在地上，很清楚。赖家益指着周老师的影子说："老师，您这个影子与我姑姑的影子是一样的。"

快乐而温暖的日子总是令人难忘的。赖家益清楚记得，庆祝六一国际儿童节那天，合浦县电视台的记者去了学校拍摄。

"我上电视了，一定要注意收看今晚的合浦新闻！"

晚上，姑姑、姐姐，还有赖家益一起守在电视机前，目不转睛地看着电视。"今天，合浦县各小学、幼儿园举办庆祝六一国际儿童节文艺汇演活动，学生们以自己编导的小品、歌舞等节目庆祝六一……"随着主持人的画外音，一组镜头飞快地在荧屏上闪过，赖家益扮演花木兰父亲的镜头只停留了两三秒钟，但三个人都欢呼起来，然后紧紧地抱在一起。

"家益，你真了不起，我太高兴了！"姑姑说。

周末，姑姑带着家益和姐姐一起回到了红锦村，把"家益上了电视"的喜讯告诉了爷爷奶奶。爷爷奶奶也非常高兴，一个劲儿地说："我们的益仔就是有出息！"

◆ 周文静老师：我没有特别地想要关注哪一个学生

除了参加演出,在赖家益的印象中,在泮塘小学最开心的事就是去秋游。经过全班学生投票,老师最后决定把秋游的地点定在合浦县城的水上乐园。那天,学校安排了一辆大巴车接学生,每个学生都笑开了花。

老师要求同学们自带食物参加秋游。赖家益的姑姑给他买了小蛋糕、面包、牛奶,姐姐除了带水果和面包,还让姑姑给她买了一个芭比娃娃,那是姐姐一直想要的。

"小鸟在前面带路,风儿吹向我们,我们像春天一样,来到花园里,来到草地上……"在大巴车上,同学们开心地唱起了歌,兴奋地观赏着窗外的景色。周老师还给同学们带了一个大大的蛋糕,这是她买给学生的礼物。蛋糕上写着班级,在阳光下闪闪发光,看上去特别诱人。

周老师身着一袭长裙,爱美的她看到孩子们很调皮,就退到一边给孩子们拍照,并没有加入孩子们的"战斗"。孩子们在水上乐园玩水,像一匹匹撒欢儿的小马驹,几乎整个身子都淋湿了,边跑边跳。赖家益的脸上还被同学抹了白色的蛋糕,没有任何学习负担的玩耍让他感到特别轻松、愉快。

那个开心的时刻令他终生难忘,那天,蓝天上棉花糖一样的白云及地上的花草树木都显得格外美丽。

"我在梦里经常回到转学后的时光,因为那段日子我过得不同寻常。"

15."我有一个不一样的妈妈,我的妈妈叫'姑姑'"

赖家益在红锦小学读书的时候,母亲出走的事一度成为同学们的笑柄,有的同学甚至嘲笑他是"石头缝儿里蹦出来的孩子"。别人欺负他时,没有母亲温暖的怀抱,更没有父亲有力的臂膀支撑,年迈的爷爷奶奶成了他唯一的避风港湾。

转学如一束阳光,照进这个昔日沉默怯懦的少年心里。还好,有一个疼爱她的姑姑,还遇到一个爱生如子的好老师。她们就是这个少年头顶上的那一抹阳光。

每天晚上吃饭的时光,是独属于赖家益、姐姐与姑姑的"围炉夜谈"。赖家益把在学校一天的见闻一股脑儿地讲给大家听。

一天晚上,见到赖家益心不在焉的样子,姑姑问他:"怎么啦?"

"老师叫我们写一篇作文,题目是《我的妈妈》,我不知道怎么写。"

听到赖家益的话,姑姑想了想,放下筷子。此时,赖家益的小脑袋上突然感受到一双温暖的手在轻轻抚摸着他。

"没事儿,姑姑教你。"

"我有一个不一样的妈妈,我的妈妈叫姑姑。"姑姑在他的草稿纸上写下了第一句话。赖家益大声念出来,语气中满是幸福的味道。

赖家益和姑姑在一起生活,常常会被人误解成母子。有一次去菜市场买菜,一个买菜的阿姨说:"妹子,你的儿子都这么高了!"

姑姑听了,笑着回应:"是的,都读四年级了!"

有时,邻居会说:"妹子,你的儿子变胖了,也变高了!"姑姑还是微笑着点点头。

和姑姑一起生活的场景历历在目。"妈妈很小就离开了我和姐姐,爸爸到外地打工,爷爷奶奶年纪很大了,没有足够的精力照顾我们,姑姑就成了我的妈妈。姑姑到家会比我们晚一些,她到家之后顾不上休息,就到厨房给我们做饭;我们则到卫生间一边洗澡,一边等待着饭菜上桌。晚上,我们在桌子上写作业,姑姑会陪着我们。有时我困倦了,就先去睡觉,第二天早晨,姑姑会叫醒我,然后我就把没做完的作业补上。我很感谢我的姑姑,在我心里,她就是我的妈妈。"

姑姑从未否认过,赖家益也早已在心里把姑姑默认成了自己的妈妈。在这篇作文里,赖家益终于说出了心里话,他心里喜滋滋的。

第二天到学校,周老师看到赖家益的这篇作文,眼前一亮,给他的作文打了一个大大的"优",并且加了星。

"家益,老师想让你给同学们读一下这篇文章,可以吗?你不用怕!"

"可以,周老师。"

上作文课了,周老师说:"今天,老师想让赖家益同学朗读一下他的作文,我平时常常强调,写作文要有真情实感,赖家益的这篇习作就写出了自己的真感情。"

赖家益站了起来,在全班同学面前大声地朗读了自己的作文。在读作文的这一刻,赖家益的心结也打开了。

"同学们,你们都有爸爸妈妈在身边陪伴、照顾,可是赖家益同学的爸爸妈妈因为各种原因,不能陪伴在他的身边。但是,他很努力，学习很认真，能够很自信地担任活动的主持人，我们都要向他学习。在今后的学习中，我们也要给赖家益更多的关心。同学们，你们能不能做到？"

普普通通的一堂作文课变成了思政课，融入了教育人、塑造人的功用。周老师把赖家益的经历转变成了激励全班同学团结一心、友好互助的动力。

"能！"全班学生齐声回答道。有的女生眼睛里闪烁着泪花。

那一刻，赖家益的心里满是感激，整个人充满了力量。

"但是，有一点老师也要指出来，晚上不完成作业，第二天早上起来写作业，这样的习惯可不好，家益同学可要改正呀！"周老师在点评时不忘说了这样一句话。

"老师，我知道了。"

"以后能按时完成作业吗？"

"能！"赖家益坚定地回答。

16. 访谈周文静老师：我没有特别地想要关注哪一个学生

在赖家益心中，周文静老师是他最难忘记的老师，她用爱心、关心、耐心点燃了一个孩子心里自信的火苗，并将影响一生。周老师当时对赖家益为何有一份"特别的关照"？我们找到了周文静老师，并请他为我们解开心中的疑惑。

以下是 2022 年 10 月 10 日下午的访谈实录。

（访谈时间：2022 年 10 月 10 日下午）

问：您和赖家益姑姑是什么时候一起读书的？

周文静：我和家益姑姑是石湾中学的同届校友，并不是一个班的。初中时，因为参加学校的一些活动，我们常常打照面，一来二去便认识了。那个时候，我跟他姑姑不是很熟悉，我只是知道她姓赖，具体叫什么名字，我不清楚。

我记得家益是三年级转学来到我们班的。开学第一天，他姑姑带着他过来，看到我是家益的班主任很惊讶，我们便寒暄了几句。在此之前，我们没有来往。可能家益当时看到我跟他姑姑在教室外面聊天，所以认为我们是同学。

问：您一开始就知道赖家益家里的情况吗？比如父母离异。

周文静：家益刚来的时候，我不知道。后来我通过家访，通过他姑姑，我才知道他来自单亲家庭，一直缺少父母的陪伴和关心。当时我觉得，这个小孩子真是蛮可怜的。

问：家益的情况在班里算特殊吗？

周文静：他的情况在我们班是比较特殊的。其他单亲家庭的孩子起码会有爸爸或者妈妈在身边照顾，但是他不是。他爸爸常年在外打工，而且组建了新的家庭，这样一来，家益的母爱和父爱都是缺失的。

爸爸妈妈都不在身边，现在他又离开了爷爷奶奶，跟着姑姑来到陌生的县城，有时难免会有寄人篱下的感觉。他的一些经历，大人都很难承受，何况是一个小孩子。当时，我很担心他幼小的心灵受到创伤，所以就尽力多关照他一点儿。

问：您还记得第一次见到家益的时候，他是什么样的吗？

周文静：这个小孩，个子小小的，瘦瘦的，还有点儿腼腆。他之前在红锦小学的时候，一个班也就10多个学生，而我们班有40多个学生，他一下子进入一个陌生的大环境，可能会有些不适应。他拿着书包，进门后就羞答答地站在那里不说话。

问：我们注意到几乎每次媒体采访，家益都会提到转学第一天发生的事。您当时的一些做法给他很大的激励，您还记得当时的场景吗？

周文静：我记得当时家益向大家介绍完，学生的反应不是很热情。于是我就刻意说了一句："老师告诉你们一个小秘密。"面对小孩子，我一般都是用有点儿神秘的语气和他们说话，"赖家益同学是老师唯一的老乡哦，你们可要帮我照顾好他呀！"因为学生都会有些崇拜老师的心理，所以，他们会觉得如果他们对老师的老乡好，就等于是对老师好。没想到这话真的起到了效果，同学们后来和他相处得都比较融洽，经常会"捧着他"。

问：您当时把赖家益安排在第几排座位上呢？

周文静：应该是坐在最前面。座位一般都是按个子高矮来排的，我没有特殊对待哪个学生，而且每半个学期就要调换一次。我就记得当时他很矮小，所以应该是坐在了前排，具体哪个位置已经不大记得了。

问：他当时上课的状态是怎样的呢？

周文静：一开始，他格格不入，跟不上学习进度，学习成绩确实算是班里比较差的，经常不及格。

问：赖家益也算是"差生"了，您当时有信心帮他提高成绩吗？

周文静：小孩子嘛，如果成绩一直很差的话，就会失去自信。所以我上课的时候经常会找一些简单的问题提问他，以此调动他多发言，给他自信。回答对了，我会鼓励他，以此来激发他继续努力。

后来，我慢慢发现，他虽然基础不太好，但是非常好学，很有上进心。每次作业都写得很认真，虽然错的地方很多，但是态度特别好。每次给他讲解作业里的错题，他拿回去都会认真修改，然后来问我："老师，您看对了没有？"由此可见他是很有上进心的。我也会经常鼓励他。

其实，对待差生，我一般都会多关注一些，虽然不一定有效果，因为这主要看学生自己的努力。我平时总会多鼓励他们，私下里找他们聊天、谈心，了解他们在想什么。对于学习有困难的学生，不但要关注他们的学习，还要多关心他们的思想和生活，尤其是对高年级学生，思想上的波动是非常需要重视的。

问：家益和您私下聊天的时候，会主动提及他的家庭吗？

周文静：我问过几次，他都不出声。尤其是当我一提到他的妈妈，他就会哭，提到姑姑时，他会开心一点儿。所以关于他家里的情况，我都是从他姑姑那里了解到的。后来我也就不怎么问他这方面的事了，以免伤他的心。对班里每个单亲家庭的孩子，我一般都会找他们聊天，以小秘密的方式，做一些约定，鼓励他们要坚强，要有克服困难的勇气。对于赖家益同学，我也会和他说类似的话："我们虽然是孤独的，但是我们是男子汉，一定要坚强！"这些我想他也许不会忘记。

问：您是怎么想起给赖家益"开小灶"补课的？家益说，这是你们的"午间小秘密"，您还记得吗？

周文静：我中午看他吃完饭，会对他说："现在还没到午休，你还有半小时的时间是可以用来学习的。"但有时候学起来，一中午很快就过去了。

到目前为止，我还会常用这个办法鼓励学生。比如，头一天晚上回家，谁悄悄预习了，谁默默努力了，第二天在课堂上就能体现出来。可能自己多学了那么一点儿，就会更有自信，因为自己回去暗自努力了，而别人没有。

对于成绩差的学生，我更多的是鼓励，告诉他们"世上无难事，只怕有心人"，只要刻苦努力，就会迎头赶上。我一直沿用这种方法，希望孩子们能够提高学习信心，转变学习态度，把成绩追上来。神奇的是，得到老师的关注和笑脸，孩子们一般都会有一定的变化。

家益说的"午间小秘密"，这种话我应该说过。对于小孩子，你要会哄他，有时候要说得神秘一些。其实我就是想把他留下来，让他做作业，但是我怕他不愿意，于是我就跟他说这是一个秘密。

问：您那时觉得，家益是个什么样的孩子呢？

周文静：一开始的时候，我觉得他真的是挺可怜的，瘦瘦的，小小的个子，又不爱说话。我感觉如果我不帮他一下的话，可能他在学习等方面就不容易提高起来。他也真的是很听话，很懂事。有时候要是遇到那种很调皮的学生，即使我讲得再多，他不听话也无济于事。但是家益是一个非常懂事的孩子，我很愿意多帮助他。

问：除了姑姑，您和他爸爸有过沟通过吗？

周文静：我一直都是和他姑姑交流的，没给他爸爸打过电话。对一个小孩子来讲，缺少与父母日常的交流，没有父母双亲的关爱和陪伴，孩子的心理是不健全的。

姑姑对他很好，经常向我了解家益在学校的情况，探讨怎么鼓励他，辅导他做功课。其实他姑姑上班也很忙，她当时在另一个乡镇（沙岗镇）卫生院工作，离我们学校有二十几里路，他姑姑那段时间往返奔波，也是蛮辛苦的。

有姑姑的鼓励和陪伴，再加上我这个老师又是他的老乡，给予了他一些关爱，他的心里从此感受到了一些温暖，整个人也就慢慢开朗、自信了起来。

问：您当时每天早上关心他有没有吃早餐，还叫他当小组长，这些举措后来都被赖家益沿用到了现在的教学中。您当时这么做是怎么想的？

周文静：我一般都会关心新生，看他们有没有适应新环境，见面常会问"你吃早饭了吗""饭吃得习惯吗"之类的。

让成绩较差的学生担任班干部，是为了赋予他们责任心，提高他们的自信心，对他们的内心进行"赋能"。其实，班里大部分学生都是班干部，这样一来，孩子们做起事来就有了积极性和责任感，这样也有利于形成良好的学习风气。

问：您感觉赖家益是从什么时候开始慢慢变得开朗起来的？

周文静：是从进学校的合唱团唱歌开始。因为家益唱得不错，我在排练的时候经常会请他给学生做示范，说"家益，你给我们再唱一遍""同学们跟着家益唱"等，慢慢地，他就变得自信了。老师发现孩子身上的特长之后，就要把他的特长放大。从那以后，家益在学习上进步也很快。

我当了 27 年教师，有一个特别的经验：如果你在其他方面给学生一点儿信心，那么，也会增强他在学习上的信心。参加合唱团以后，赖家益的语文成绩提高得较快，从入学时的不及格到期中考试时的七八十分。

问：您是怎么发现赖家益的主持人特长的？此前，他性格一直比较"内向"。

周文静：我在课堂上发现赖家益读书很有节奏感，就想培养他做主持人。那时，学校有一场经典朗诵活动，刚好要找一个学生担任主持人，有两名学生报名。经过同事们评议，觉得家益的声音更有特点，于是他就胜出了，并出色地完成了主持任务。后来，学校的六一儿童节演出、元旦庆典、校庆活动都请他去担任主持人。他成了学生心目中的"小明星"，心气儿一下子高了起来。

问：赖家益小学毕业后，虽然和您联系不多，但是一直把您放在心里，并把您对他的鼓励和关爱像种子一样种在心里，成了他爱岗敬业的强大动力，这些您是否了解？

周文静：因为我教他的时间并不是很长，五年级和六年级我就没有再教他，毕业之后也没有太多联系，对他后来的状况并不十分了解。若说他对我念念不忘，也许是先入为主的缘故吧。

直到 2021 年，家益参加了中央电视台的《中国地名大会》，节目组特意把我邀请过去，我们才再次相见。当时，节目组也没告诉他，想给他一个惊喜。在节目录制现场见面时，我们俩都很激动，拥抱在一起，家益眼里泛起了泪花。他告诉我："老师，您知道吗？我从小没有感受过母爱，您给了我一种母爱的感觉！"

我对家益说："家益，谢谢你！你的成才是对老师最大的回报。你现在是一名乡村教师，我为你感到骄傲。你的回报让我更有成就感，觉得自己也为社会做出了贡献，培养出你这样一位对社会有益的人。"

其实，对老师来说，自己的学生成才是最欣慰的。爱和付出都是相互的，我的付出能够得到这样的回报，我很有成就感。赖家益的成才经历让我更加坚信一件事：当老师的，一定不要吝啬自己的良言和爱心。要多观察学生，多鼓励学生，多抓住他们的闪光点，你的一句话可能会让他们找到自信，甚至会影响他们的一生。

问：能被中央电视台邀请，这是对您多年投身教育工作的肯定。在对赖家益的采访中，我们了解到，他现在和您当年一样，也特别关爱自己的学生，这让我们不由想起《长大后我就成了你》这首歌。

周文静：是的，作为一名乡村老师，我工作了这么多年，突然有一天中央电视台来电话说要采访我，还要给我买机票，让我去北京。那是我第一次去北京，因为自己的学生而得到这样的待遇，我真的特别有幸福感！

我平时工作较忙，没有时间刷抖音，不知道赖家益在网上受到这么多人的关注和支持。接到中央电视台的邀请，我才知道家益火了。那天，我一晚上没睡，一直在刷他的抖音，看他发布的每一条视频，才知道他这么努力，这么拼搏，这么孝顺爷爷奶奶，这么在意自己的学生。当时，我有一种特别深的感受："也许是我影响了他，

◆ 周文静老师（左）与赖家益在中央电视台节目组的意外"重逢"

让他也想做一名教师，也想像我一样对待自己的学生。"这真的令我很惊讶，也让我对教师这个职业充满了荣誉感。

其实，我对很多学生都说过同样的充满鼓励的话，没有特别地去关注哪个学生。当时，只是觉得家益这个孩子家庭不完整，缺少温暖和关爱，所以就尽可能多给他一些温暖，多给他一点关心，我做得还很不够。

作为一名人民教师，关心爱护学生是应尽之责。当时我只希望他能成为一个好人、一个善良的人，努力读书，将来能有一个喜欢的职业，如果能够这样，我就感觉很满足了。没有想到，他学业有成，回报社会，给了我这样一份惊喜。

问：您在基层学校教书很辛苦，每天早出晚归，要面对很多留守儿童，比如赖家益，您就像他生活中的一束光，把他的人生照亮。我想您一定很热爱自己的职业。

周文静：我很喜欢做教师，换句话说，我很喜欢老师的这种生活方式。我从小在学校里长大，爸爸是农村小学的校长，我小时候去学校玩耍，老师们看见我，常把糖果放到我的手里，我觉得特别开心。因此，我也经常给孩子们带一些糖或者小礼物。

因为身处乡村，再加上我能力有限，我一直没有教出特别有成绩的孩子。虽然也有一些学生考到了北京体育大学、广西大学、湖南师范大学等高校，但是一般小学老师被学生忘得很快，他们能记住的大都是中学时期的老师，很少有学生考上大学之后回来看望小学老师的。每每想到这些，我心里总是有点儿失落，当我在媒体报道中得知家益经常提起我的时候，我很惊喜，他居然没有忘记自己的小学老师，一种莫大的幸福感不由得涌上心头。

我不是什么优秀人才，也没有什么超人的本领，就是一名平凡的小学老师，每日做着琐琐碎碎、忙忙碌碌、普普通通的工作，但我热爱教育事业，也希望能培养出更多的像赖家益这样有益于社会的优秀人才。

17. 重返红锦小学读书

赖家益和姑姑在一起生活，一晃过去两年半了。每当坐在姑姑的电动车上，无论是去上学还是回家，他都非常愉快。

还有些时候，放学了，赖家益到卫生院找姑姑。姑姑下班后，从单位打一些饭菜，骑电动车带着他回家。天边的夕阳像个熟透的大红杏，好诱人。晚风轻轻吹拂着，微冷，赖家益把饭盒紧紧抱在怀里，像怀抱着温暖。

到了六年级下学期，赖家益面临升学考试。因为他是借读生，按照规定，他必须回到生源地参加小升初的考试。

姐姐已经提前一年回到了红锦小学，赖家益也要回到爷爷奶奶身边了。

赖家益重返红锦小学之后，老师们惊喜地发现：从城里回来的赖家益，个头长高了不少，也壮实了很多。最难得的是，他的嘴巴变甜了，见到老师特别有礼貌。"老师，您好！""老师，有什么需要我帮您的吗？"……

"赖家益这个伢子变化蛮大的，姑姑带得真不错，不知学习成绩如何？"老师们在办公室随意聊着天。

第一节语文课，唐叶慧老师有一个缩句的训练。"父亲不慌不忙地从抽屉里取出一把闪亮的手枪。"争先恐后举手的同学们有各种答案。"父亲不慌不忙地取出手枪。""父亲从抽屉里取出手枪。""父亲取出一把闪亮的手枪。"……

唐老师让回答完问题的学生坐下，对他们的回答没有肯定，也没有否定。他扫视了一下全班，问："还有哪位同学有不同的答案？"这时赖家益把手举了起来。"家益，你说！"

赖家益说："父亲取出手枪。"

唐老师的眼睛一亮，欣喜地说："赖家益同学的答案是正确的！缩句的方法是去掉定语、状语、补语等'枝叶'，保留主语、谓语、宾语等'主干'。看来大家还没有掌握，还需要多多练习。"

第一次举手发言就获得了老师的表扬，赖家益深感自豪。

"今天上学举手发言，老师夸奖我了。"放学回到家以后，赖家益开心地把第一天重返学校读书的喜悦说给爷爷奶奶听。

"我的孙宝，你要多举手发言，过去你是太胆小了。"奶奶说。爷爷还是像以前一样，默默地吃饭，没有说什么，只是在吃完饭，赖家益收拾碗筷的时候说了一句话："老师都是不错的，每次看见我都问，家益在姑姑那里读书怎么样啊？"

赖家益心里一颤，是啊，以前的自己太封闭了，不爱说话，也不愿意和同学交往，总是一个人坐在角落里沉默，脸上没有一点儿笑容。这样的孩子别说老师不喜欢，就是自己也会不喜欢自己。这一次，自己一定要以一个全新的状态，展现在老师和同学的面前。

赖家益决心要做一个开朗、自信的人。

返回红锦小学的赖家益变了,课上积极主动发言,能唱歌,能主持活动,作业写得既快又工整。他见到老师就笑意盈盈地和老师打招呼,还时常跑到老师办公室,和老师探讨作文怎么写,或者数学题目的解题方法有几种,成了老师眼里的"机灵鬼"。

此时的赖家益,在班上是中等个头,再也不是矮矮瘦瘦、沉默寡言的那一个。

小升初考试,赖家益总分考了190多分,语文考了97分,数学接近满分,是镇上的前几名,顺利地被合浦县石湾镇石湾中学录取,并被分配到了尖子班。

第三章

男孩子还需要带有管教和安全感的爱

隔辈亲有爱但缺乏管教，来自大家庭和社会的爱，也许可以代替缺失的母爱，让赖家益感受到温暖，但是，带有管教和安全感的父爱的缺失，会让一个孩子得到爱之后陷入自我迷失；而一个人得到的温暖再多，也代替不了成长为自立的人、对社会有用的人所需要的管教和技能学习的机会……

缺乏母爱，孩子自己知道；缺乏父爱，孩子往往不自知，外人就更难以察觉了，而这正是很多缺爱的孩子误入歧路的主要原因。

缺爱又得到诸多呵护的赖家益，会得到来自社会大家庭的、带给他管教和安全感的"父爱"吗？

呵护＋管教，温暖＋安全，这样的爱才相对完整，帮助幼苗长成遮阴大树。

幸运的是，政府以及学校的人才培养政策，让成长中陷入迷途和绝境的赖家益，获得了带有管教和安全感的爱，真正帮助他立起来，成为一个大写的人。

18. 继母原来是姐姐的亲妈

赖家益一直想不起来,究竟是哪一天,父亲把继母带回了红锦村家中。

已经上了初中的赖家益住校,每周五才回家。他一般习惯回到爷爷奶奶家,爷爷奶奶慈爱的目光让自己感到温暖,他们做的家常饭菜有着说不出的香甜。对于爷爷奶奶来说,赖家益回来,就是他们的期盼。他们希望孙子能够轻松愉快地读书,将来比他的父亲争气、孝顺,能够做一个好人。

尽管赖家益的爸爸平时很少和爷爷奶奶联系,也很少和他们通电话,但是爷爷奶奶的生活很平静。"能安安心心地在外打工挣钱就好,不要回来整天赌博、瞎逛游。"爷爷曾经这样说。

但那天继母回来,打破了家里的平静。

"家益,快回去看看,你爸带一个女人回来了,以后她可就是你的新妈妈了。""家益,告诉你一个秘密,你不知道吧,你爸新领回来的女人是你姐姐的亲生母亲哟!""家益,你姐以后跟着你爸你妈走了,你跟着去吗?"……

继母的到来,在赖家益的心里激起了很多波澜。本来他以为自己和姐姐是同一个战壕的"战友",突然,姐姐就有亲妈了,远走他乡的原来只是他一个人的母亲!那一刻,赖家益对于"爸爸带回来的女人"心生抵触。

再怎么样,她也取代不了母亲的位置。少年的叛逆瞬间写在了脸上。那天吃晚饭时,大家都沉默着,一向喜欢说笑的赖家益没有叫爸爸，也没有称呼那个女人，他默默地端着碗，回到自己的座位上，飞快地吃上几口，就头也不回地出门走了。

姐姐虽然也没说话，却和那个女人紧紧地坐在了一起。爷爷奶奶一直没有言声，没有对那个女人表示出友好和欢迎，但也没有把她和爸爸赶出去。

爸爸用一种有点儿可怜、又有点儿倔强的眼神看着家人，给女人夹菜。吃完饭，爸爸带着女人和姐姐一起回到了自己的家里。爸爸告诉爷爷奶奶："孩子妈妈回来了，以后，大的和我们一起生活，家益愿意在这儿，就在您二老这儿好了。"

后来，有人和家益说："你父亲也挺难的，先是和你继母谈恋爱，好了很长时间，还生下了你姐姐。但是，两家人都反对他们结婚，最后你继母嫁人了，你爸把你妈从寨子里讨回来。现在，你继母回到你爸的身边，实际上也算是'旧梦重圆'的好事。"

这些话让家益的心里松动了一些。但无论如何，继母作为一个陌生者的闯入，没有丝毫的情感铺垫，他一时接受不了，也不想马上去接受。

"那时候，我想再去投奔姑姑。但想到姑姑为了带我和姐姐，很晚才结婚，如今姑姑已经结婚并有了自己的孩子，我不能再去打扰她的生活。"赖家益说。

亲人之间的事儿，很多时候，唯有靠时间来磨平误会，化解隔阂，甚至消除仇恨。

19. 一不小心,胳膊骨折了

中学的学习生活很紧张,晚自习要到 10 点才下课。赖家益回到宿舍之后还常和室友讨论化学题、数学题的解法,因此睡得很晚。那时的赖家益只有一个想法——考上重点高中!

中午时间,班主任徐文丽经常把赖家益叫出来,到校园里走走,与他谈谈心。"徐老师就怕我走偏,因为家庭的关系,她怕我学习受到影响,因此经常和我谈心。"

徐文丽老师的丈夫是赖家益的化学老师。他们在学校里有宿舍,真正是以校为家。英语老师李元娟是赖家益姑姑的老师,看到赖家益英语基础差,她就说:"家益,家里要是没什么事儿,周末就别回去了,老师给你讲讲英语。"

老师们都很关心赖家益,赖家益对学习也充满了信心。但不幸的事儿又突如其来。

初一学期末,赖家益一如往常地从教室里走出去,下楼梯的时候突然感觉到后背有一股力量将他向下推,整个人便飞也似的从楼梯摔倒在地上。"当时我就感觉胳膊动不了了。"

老师问他是怎么摔倒的,他说是自己摔的。

校长带着他去了医院,诊断出是手臂骨折,医生建议休息治疗。爷爷接到学校老师的电话,连忙拉上奶奶,骑着三轮车向医院赶去。"他爷爷,你快点儿!"奶奶催促爷爷,生了锈的链条还时不时发出嘎吱嘎吱的声响,搅乱着两位耄耋老人的心。

爷爷奶奶来到医院,赖家益已经全身检查完毕。"可不光是骨折的事儿啊，这孩子平时吃饭怎么样？阑尾发炎了，得手术。"听到医生的话，奶奶心里酸酸的，嘀咕着"这可怎么好"，正要走上前去抱抱赖家益，眼前突然一摸黑，扑了个空，摔坐到了地上，幸亏被爷爷及时扶住，才没什么大碍，跟跟跄跄被扶着躺在赖家益旁边的空床上休息。

赖家益当时并不清楚阑尾炎是什么病症，只知道自己不仅胳膊上打了石膏动弹不得，还要在腹部动手术，委屈的泪花控制不住地流出来。手术是腹部局部麻醉进行的，在整个手术过程中，赖家益能清晰地感觉到深部钛夹钳、阑尾钳等手术器械撑开腹壁肌层的剧痛；弯刀剪、打结钳、腹壁缝合针等在切除、缝合过程中造成的剧痛；切口处剧烈的疼痛淹没了赖家益全身的感觉细胞。

手术费是姑姑支付的，尽管已经组建了家庭，但是在她的心里，早就把这个侄子视为己出，赖家益有任何问题，姑姑都不会袖手旁观。

虽然只是一个小手术，但是对于第一次见到这种场面的赖家益来说，简直是天大的事。阑尾炎手术结束后，爷爷奶奶和姑姑都在身边，学校的老师也来看他。

人生最幸福的事大概就是一觉醒来，还没睁开惺忪的睡眼，身体就已经被记忆中那个香醇的味道唤醒。顺着鸡汤的方向，赖家益缓慢睁开沉重的眼睛，只见一缕和煦的阳光透过斑驳的树叶，散落在了继母的脸上。

"家益，你醒了？"继母笑着问，"我给你炖了鸡汤。"

"嗯。"他轻声回答道，脸上没有任何表情。

刚刚做完手术的那几天，继母一直陪着爷爷奶奶照顾赖家益，爸爸也会时不时过来看他。

一次，趁着继母不在，赖家益转过脑袋来，看着床头柜上的鸡汤，轻轻地说："奶奶，我不喝，倒掉吧！"

出院了，回到爷爷奶奶家中。躺在床上养病的十几天，继母总是会煲鸡汤给他喝，都被赖家益偷偷地倒掉了。"说实话，那时候我对继母非常反感，我不由自主地排斥继母，觉得是她取代了我的母亲。"

尽管如此，谁又不希望被疼爱着呢？真挚的爱与关怀，最容易敲开一个孩子柔软的心门。

那几日，小小的房间里有爷爷、奶奶、姑姑、爸爸、继母的声音和脚步。赖家益突然觉得，生病也蛮好的。如果自己生病可以让一家人聚齐，一直这么在床上躺着也没什么不好。养病的日子，赖家益第一次感受到了家的温暖。家人的爱如同一剂良药，消弭着缝合上的伤口和思想上的"伤疤"。

不知道在床上已经躺了多少天，双脚触地、自己行走的那一瞬间，赖家益总有些不真实感。阑尾炎手术的伤口渐渐痊愈，爸爸和继母回去了，陪在他身边的只有爷爷奶奶了。

"奶奶，我已经好了，我想去上学。""那可不行，得先养好病。"爷爷奶奶在学校老师的建议下，决定让赖家益先休学养伤，等痊愈了再回学校读书。奶奶也不想再让自己的孙宝受罪，便答应了。

赖家益每天都昏昏沉沉的，除了吃饭就是睡觉，也没有心思学习。

"那时，多亏了我邻居家的赖德胜小哥哥。他成绩很好，考上了县城第一中学。他每周末从学校回来之后都会过来看我，督促我学习，我有不会的题目，都会向他请教。"后来赖家益才知道，这些都是姑姑特意托付给赖德胜父母的。

一边养伤，一边复习功课，时间过得很快，转眼就快到初二学期末。如果再不抓紧复习，恐怕回去之后就赶不上同学们的学习进度了。赖家益半躺在床上，翻着叔叔从前读书时留下的课本，用红、蓝铅笔把不会的地方圈起来，看着自己在看不懂的公式、解不开的题目前面勾画的数不清的问号，他内心十分焦虑，觉得这比身体的伤口还难受。

奶奶每每端来粥和菜给家益的时候，看到他一边搭着打着石膏的胳膊，一边艰难地看书的样子，特别心疼，泪水总是情不自禁地流下来。

叔叔留下的课本已有些泛黄，在赖家益的翻阅下，纸页上生出细小的坑坑洼洼来。阳光洒下去，发出镀金般耀眼的光。在当时的赖家益看来，读书就是他唯一的希望，所以他必须竭尽全力。

20. 曾校长的一拳，把他击醒了

赖家益重新回到了日思夜想的学校，回到了他的教室、宿舍，回到了老师和同学身边。一切都是那么熟悉，熟悉得如眼泪，如静脉，如宁静的呼吸。

赖家益在宿舍总是睡得不踏实，每天还不到 4 点钟便醒了。叫醒他的不是闹钟，而是对未知的忐忑。"因为我心里总想着读书，生怕自己考不好。"

为了尽快补上落下的功课，赖家益夜里总以上厕所为由，老早就悄悄地来到教室里，如饥似渴地看书自习。

凌晨4点多的教室里空无一人，他打开灯，坐到自己堆满了书的课桌前，有一种说不出的归属感。"很困的时候，我就趴在课桌上眯一会儿，觉得很有安全感，但是在宿舍就睡得不好。"

"那段时间，我常常跑着去食堂吃早饭，吃完饭就再立马跑着回教室，生怕耽搁学习的时间。"那段时间，除了洗澡和睡觉，赖家益几乎所有的时间都泡在教室里。

到了早上5点半，教室里已经坐满了同学。早上，老师们带来煮鸡蛋。"只有我们班和5班这两个来得最早的班才可以吃到。有鸡蛋吃是我们一天最幸福的事。"

"我努力学习，就是想让爸爸看得起我。我那时候没想那么多，觉得我只有一条出路了，所以我要好好努力。"

对于寄宿的孩子来说，从周一开始就在期待着周五的到来，因为放学后可以回到家，短暂地避开紧张的学习环境，也因为家里有可口的饭菜和家人温暖的怀抱。

可是对于赖家益来说，周五却是他最不愿面对的日子。到了那一天下午，他的动作总是很慢，似乎做不完的题都在等这最后一刻解决。

春雨霏霏，把空气中的热量洗劫一空，校园的空气更是让人无比清醒。

赖家益顺着放学的人潮向校门口走去。看着那些等待接自己孩子的大人们,他心里一阵寒战。此时他多么希望,有个张开双臂的怀抱是为拥抱他而来的呀!

他耷拉着脑袋,背着沉重的书包,在欢声笑语中穿梭着,脑海里回想起从前,自己和姐姐手牵着手走出校园,姑姑站在人群中最显眼的位置向他们招手,她的脸上流露出来的是只有妈妈才有的那种温柔的笑容。

可是现在一切都变了。赖家益开始意识到,姑姑并不是妈妈,也无法以妈妈的角色继续出现在他的生命里。尤其是姑姑有了自己的小宝宝之后,这种幻灭感与日俱增。无人知晓,他的内心深处对于母爱的渴望愈加强烈。

"姐姐也被接走了,就剩我一个人了。"依旧是熟悉的大门,不一样的是,在这大门口不再有人蹦跳着扑过来,不再有人和他手拉着手一起回家了。

等赖家益走到大门口,人潮已逐渐散去,门口只余下稀稀拉拉的几个人影。

突然听到不远处一声熟悉的呼唤:"家益,我在这里!"他知道这是爷爷,连忙低下头来,生怕周围有人认为他们是认识的。那一刻,他拼命想在周遭的眼光里,和爷爷撇清一切关系。

"怎么这么久才出来?"爷爷看着他,焦急地问。

看着骑着三轮车,穿着一身破旧衣服的爷爷,赖家益的虚荣心开始作祟。他说:"爷爷,您以后别来接我了,您那么大年纪,让同学看到不好。"

"我不来接你,你怎么回家呀?你这孩子……"爷爷听他这么说,不明就里,还是一脸慈祥,"赶紧上车吧!"

又是一个周末,同学们放学都走了,只有爷爷还在校门口等待。曾卢德校长刚好从门口经过,一下子看到了爷爷的身影,走过去说:"老人家,您在等家益吗?"

"是啊。他说我年纪大了,不愿意让我来接他,可我还是来了。"爷爷一脸辛酸。

曾校长瞬间明白了是怎么回事。他紧走几步来到初三年级教室,只有赖家益一人还在那里磨蹭。

"家益,你怎么还不走?爷爷奶奶是多么辛苦才把你养大,你妈妈离开了,爸爸又有了自己的家庭,所以,家益你知道你自己是处于一个什么样的状态。为什么要嫌弃你的爷爷?!"曾校长说。

"他年纪这么大,又这么老,我觉得丢脸!"赖家益毫不掩饰,脱口而出。

"丢脸,丢什么脸?这种话你也说得出口!不孝敬老人,不理解老人才丢脸!"校长气愤至极,一拳头落在他的肩上,"你不小了,该懂事了!"

赖家益看到校长眼中在喷火,理亏词穷地低下头来。

"很多人从出生起就没有爷爷奶奶,你有爷爷奶奶,而且他们能接送你,这是多么幸福的一件事情。"校长大声地教诲着赖家益。

几秒钟短暂的沉默,赖家益眼中的泪水顺着眼角流了下来。

"快走,爷爷在等你!"校长轻轻地拍拍他的后背,离开了。

校长一拳击"醒"了赖家益,也击落了他可悲且无知的虚荣心。

严厉也是一种呵护，只有真正关心学生的老师才会这样做。从那一刻起，赖家益没了偏见，真正懂得有年迈爷爷的陪伴是多么美好而珍贵啊！

爷爷的那辆三轮车，被赖家益称为"宝马"，因为"我觉得它比宝马还珍贵，是我心中最好的一辆车，丈量过我初一到初三的路程，陪着我走过这一段的人生路"。

"爷爷骑三轮车的时候，奶奶常常和我一起坐在后面，一起吃着水果，一边聊天，其乐无穷！"他说。

21. "我真的发自内心地把她当成母亲"

爸爸和继母结婚后，姐姐和继母生活，爸爸很少再外出打工。他和继母用打工挣来的钱，在离爷爷奶奶家很近的地方，盖起一幢新房。

爷爷奶奶还是不怎么和爸爸说话。"我们只认那个儿媳妇，她已经被你气走了，别人我们不认。"老人对于儿子的婚变，一直无法释怀。

有一次，赖家益和姑姑说起爸爸找"新妈"的事。没有想到，姑姑的想法却与爷爷奶奶截然不同："家益，人总要和自己有感情的人生活在一起才快乐。你看，你有了新妈以后，你爸爸挺顾家，也不赌博了，这样对你姐姐、对你都有好处。家益，你要把新妈当成自己的妈妈看待呀！"

姑姑见到赖家益爸爸，说了这样一番话："均泰，你也要和咱爸咱妈多走动，多去看看他们，他们年纪大了，帮你带这么多年孩子，既有功劳，也有苦劳！"

赖家益爸爸蹲在门外，没有说什么，只是点点头，点了一根烟，闷头抽了起来。

那天晚上，姑姑带着赖家益到爸爸家吃饭，继母特别热情，清炖了一只鸡，特意夹了一个鸡腿放在赖家益的碗里，笑着说："家益，这个你吃！以后常来家里吃饭啊！"

赖家益用一种既生疏又友善的神情打量着爸爸和爸爸的家，一种温暖的感觉在心里油然而生。随着来的次数多了，他开始改口称继母为"老妈"了。第一次喊出这个词的时候，继母愣了几秒，显得特别开心，连忙回答："唉，唉！"

有一次，赖家益在爸爸家和姐姐玩儿，吃过晚饭要回爷爷奶奶家，继母说："家益，过来，老妈抱一下。"

尽管那时候家益和继母还不是很亲，但他还是走过去，和继母抱了一下。

没有想到，继母把他抱在怀里，紧紧地搂着，抱了很久，而且哭了。继母的脸与他的脸紧紧地贴在一起，热泪直接流在他的脸上……

这时，家益的姐姐跑过来，和妈妈、弟弟也紧紧地抱在一起，三个人都不住地流泪。"家益，这么多年，我和你爸爸在广东打工，没有照顾你们姐弟俩，对不起你——我的孩子！现在我们是一家人了！"继母慢慢平复了情绪，抱着他说了这样一番话。

"从我们抱在一起的那一刻，我感到自己不再恨她，我觉得她给了我一种久违的温和气息，那正是我缺失了很久的母爱的气息。"

从那个时候起，赖家益发自内心地把她当成母亲，回家就会给她打电话报平安，一起吃饭、聊天，把她当成真正的母亲来相处。

"慢慢地，心里接受了'老妈'以后，我就特别恋家。"

过去那么久了，赖家益的生母一直没有回来，母爱的缺失，被继母的真诚与付出填满了。

22. 在木片厂打工时得知自己考上了合浦县第一中学

"莫听穿林打叶声，何妨吟啸且徐行。竹杖芒鞋轻胜马，谁怕？一蓑烟雨任平生。料峭春风吹酒醒，微冷，山头斜照却相迎。回首向来萧瑟处，归去，也无风雨也无晴。"少年时代的赖家益，喜欢古典诗词，北宋中期文坛领袖苏轼就是他所崇拜的大文学家。

山路弯弯，忽然下起了倾盆大雨，打得树叶"哗哗"作响，路上行人纷纷四处避雨，一位40多岁的中年人，挂着一根竹杖，心定气闲地在林间漫步，对周围发生的一切浑然不觉。苏轼的一生都处在政治的暴风雨中，宦海沉浮，屡遭贬谪，居无定所，奔走四方，但他始终保持着顽强乐观的信念和超然自逸的人生态度。少年赖家益特别喜欢《定风波·莫听穿林打叶声》，这首词表达出了诗人虽身处逆境，屡遭挫折，却不颓丧，不退缩，不畏惧，其倔强性格和旷达胸怀引导着赖家益即使经历人生的沉浮、情感的忧乐，也能坚定地守住自己的精神世界，顺境不骄，逆境不惧，乐观旷达地去面对生活。

中考之后，赖家益决定去镇上的木片厂打工。他没有多少行装，一个水杯、一条毛巾就是他的全部家当。一起携带的还有苏轼的那句词:"古之立大事者,不惟有超世之才,亦必有坚忍不拔之志。"

眼下摆在赖家益面前的就是学费、饭费、校服等费用。这些犹如一座小山把这个15岁的少年压得几乎喘不过气来。他决定自己去挣钱。

木片厂的老板是叔叔的朋友,叔叔和对方打了个招呼,老板就同意让赖家益过去干活儿。

赖家益得知自己考上合浦县第一中学的时候,正在那家木片厂打工。班主任徐文丽老师打电话联系到了他的姑姑,知道了工厂的地址,就骑车赶了过去,她要把这个喜讯亲口告诉赖家益。

赖家益平时要干的活儿就是拖木板。加工厂的整个工作流程是把木头放到木材切片机上,切割成一片一片的。然后,再把这些木片拖走,晾晒至干燥,最后压平,卖给家具厂,加工制作成衣柜、书柜之类。

那天,赖家益刚刚吃过简单的早餐,前一日工作的劳累让这个少年满脸疲惫。这时,徐文丽老师突然出现在他的面前,微笑着对他说:"家益,告诉你一个好消息,你被合浦县第一中学录取了!"徐老师说出这句话的时候,赖家益真有点儿不相信自己的耳朵。随即,他一下子把手里端着的碗放下,跑到院子里一跳三尺高,狂呼:"我考上了!我考上了!……"这情景颇有些像"范进中举"——"此山川变色,天地为宽"。

赖家益很开心,很兴奋。一起在木片厂打工的叔叔也是满面春风,笑逐颜开,坐在一边为赖家益拍巴掌,连说:"家益,叔叔给你祝贺！"

老板走过来，问："家益，什么事儿这么高兴啊？"

"我侄儿考上了合浦县第一中学！"叔叔代替家益报喜。

"你侄儿太争气了，今天咱哥俩必须好好喝一杯，给他祝贺一下！要不这样吧，你帮我和工人们说一声，今天上午放假半天，好好整几个菜。"老板对于这个年纪轻轻就来打工的孩子，一直很看重。

赖家益在木片厂的活儿就是拖木板，切片过后的木板其实不是特别沉，不属于重体力活，薪金是按有限计件工资制结算，每个人都有一个晾晒的区域，赖家益还清楚地记得，因为自己个子矮小，一天只能挣 20 元左右，同样在那里帮工的婶婶一天能够挣 30 元。

"家益，你过来！"老板说。

赖家益走到老板跟前，只见他从钱包里拿出 30 元，放到他手里说："这是叔叔奖励你的，快收下！"

人生的道路上能够得到陌生人的善意，哪怕这种善意只有一丝丝光亮，也足以使人全身温暖。

得知自己被合浦县第一中学录取的消息后，赖家益决定先回一趟村里，他要把自己被录取的好消息赶紧告诉爷爷奶奶。

爷爷听说自己的孙子考上了合浦县第一中学，连说："好！好！"平时不怎么爱说话的爷爷竟跑到小卖部，和几个在那里聊天的人说起孙子升学的喜讯，脸上露出满满的骄傲和幸福的神色。

石湾中学也贴出了一个荣誉榜，一共有 7 名考生考上了合浦县第一中学。爷爷作为家长去开会，念到赖家益的名字时，赖家益看到爷爷眼睛里在发光。

23. 从合浦县第一中学退学的那天下着雨

赖家益还清楚地记得，自己决定从合浦县第一中学退学的那天，是一个雨天。那天上午，赖家益没有去上课，而是开始收拾自己的行李，除了书本，还有一床席子、被子，一个水桶及几件很单薄的衣物。

"提着桶，提着席子，站在雨中，整个人都被淋湿了。我感觉学校特别大，在校园里走了好久，仿佛怎么也走不出去一样。"

那一刻，赖家益站在校门口，扭头看了一眼高大的教学楼，自己曾经那么喜爱的教室……他满眼都是留恋，眼泪顺着眼眶流下来，分不清脸上是泪水还是雨水。

"那天，我觉得好迷茫，自己不知是怎么走出去的，步子迈得很慢，感觉像灌了铅一样。我知道，这一走，就和自己理想中的一个赛道说了再见。"赖家益说，"我感觉班主任还在教室里目送着我，那天下雨，没有人出来，但我相信，大家一定在远远地看着我呢。"

离开学校办理退学手续的时候，学校退给赖家益625元，赖家益把这625元紧紧地揣在兜里。想着，这是爷爷奶奶的养老钱，千万不能弄丢了。

"雨丝／是通天的梯子／／是一扯就断的／梦想"，诗人箫沉在20世纪80年代写的这首《雨丝》的短诗，仿佛刚好迎合了少年赖家益内心所有的委屈、酸楚、无助和无奈。

坐上去往石湾镇的大巴车，赖家益全身都是湿漉漉的，手里提着的席子被雨水打湿了,水滴顺着席子嘀嗒嘀嗒地往下流。"孩子,你怎么啦?遇到什么不开心的事儿啦?""你父母在哪里?你去找谁?"……车上的乘客七嘴八舌地问他,言谈中充满对这位失魂落魄的少年的关切。

他没有回答,眼泪无声地流淌下来。

坐在回乡的大巴车上,赖家益心潮起伏,想起了在学校的许多个瞬间。

开学初的第一天是军训,所有同学都穿上绿色的军装,又神气又整齐,像稚气未脱的一群"童子军"。"齐步走,一二一""向右看齐!"……教官的声音很洪亮,所有人都精神抖擞,跟着指令完成动作。

"这位同学,你的衣服好像有点儿大。"休息时,教官看出赖家益的衣服穿在他身上显得不合身。"没事的,教官,我稍微把裤腿卷卷就行了。"赖家益不好意思地笑笑。的确,和同龄人比起来,从小就缺乏营养的他,似乎个头没有长起来,看上去是那么瘦小,那么让人心疼。

训练到了中午,阳光暴晒,很多同学的额头上都冒出了豆大的汗珠。突然,有一个学生晕倒了,大家惊呼起来,原来是赖家益中暑了!教官一看,原来是上午说的那个军装比自己大出很多的学生。教官赶紧让同学们把赖家益抬进教室,然后拿来藿香正气水、凉白开,给他喝下去。

过了好一会儿,赖家益才苏醒过来。

虽然第一周的军训很艰苦,但赖家益觉得很幸运,因为自己终于上了高中。他珍惜这里的一草一木，珍惜这里的每一天。

最难堪的时候就是老师催问学费和饭费。赖家益手里没有钱，来合浦县第一中学报到的时候，爷爷给了他500元钱。在爷爷看来，500元可是不小的数目，交了学费还能剩下一两百元吃饭用。

"其实连学费都不够，学校一个月的饭费至少得交几百元钱。我手里有暑假打工挣的一点儿钱，再加上爷爷给的500元钱，勉强把学费交了，吃饭的钱真的就所剩无几了。"

对于耄耋之年且没有收入来源的爷爷来说，500元钱已经很难为他了，更何况他患有高血压，每个月要花上百元钱买药。为了节约用钱，他常常不能按时吃药。奶奶的身体也不好，也需要吃疏通血管的药，也要花钱。赖家益没有告诉爷爷饭费是每个月都要交的，他实在不愿意再向爷爷开口要钱。

他还记得，听说自己考上了合浦县第一中学，爸爸给过爷爷几百元钱。"这是家益读书的钱。"但爷爷摆摆手，拒绝了。

倔强的爷爷一直不能原谅赖家益的妈妈被这个"不听话"的儿子给气走的"结局"，他不和爸爸说话，也不要他的钱，两个人见面总是黑着脸。

说不出来什么原因，赖家益想要退学的那一刻，也没有想过张嘴和爸爸要钱。

赖家益想出去干活儿挣钱，但学校宿舍是封闭式管理，此事行不通。他尝试给同学跑腿，帮同学到学校的文具店买文具，或者帮同学打饭，跑腿一次5毛，这些都做了，结果挣不到多少钱，吃饭的钱还是远远不够。

退学成了这个少年有生以来最痛苦的人生抉择。军训还没有结束，赖家益就决定不能再留在学校里了。

不知在泪水与绝望中浸泡了多少时间，大巴车终于停靠在石湾镇公交车站，赖家益拖着疲惫的身躯和并不沉重的行李下了车。

"我找了一个饭店吃了一碗米粉，这几乎是对自己的一种犒劳。我觉得从来没有对自己好过，所以我就想去吃一碗米粉，对自己好一下。"小时候，赖家益总会看到有的同学和爸爸妈妈牵着手，一起去吃米粉，这看来简单得不能再简单的场景，对于赖家益来说，只能在梦中才会出现。

那天，他请自己吃了一碗猪脚粉。有猪脚、肠，还有瘦肉，真的很好吃。一碗米粉，慰藉的不仅是他的心情，也好像是给自己即将到来的生活壮胆一样。

"那天，我觉得自己也奢侈了一次，享受了一次。"赖家益吃完这顿饭，好像有一种如释重负的感觉，不管未来的生活如何，自己都可以独立面对了。

24."公费师范生项目挺好的，是由国家出钱培养人"

退学那天，回到爷爷奶奶家里，放下行李，赖家益什么也没有说，只是倒在了床上。"我不想读书了。"

爷爷很诧异："益仔，你这是闹哪一出呀？只有读书才有出路，为什么不想读了呢？"

"就是不想读了，想出去打工。"赖家益有气无力地说。

爷爷不知所措，慌慌张张地跑到小卖部，给家益的班主任打电话，班主任实言相告："这孩子不是不想读书了，好像是交不起学费。"

爷爷一听特别惊讶："需要多少钱？我去给他凑！"

第二天一早，爷爷就骑着三轮车跑到镇上，找到了姑姑，拿了几百元钱回来。"益仔，再难，也不要放弃读书！钱有了，你要去学校上学啊！"爷爷目不转睛地看着他，用一种哀求的眼神跟他说。

"没事，您不用担心我。"赖家益心里有自己的想法，青春期的叛逆以及对姑姑的心疼，让他决定不再接受姑姑的资助。

即使这一次开学的费用解决了，下一次还有每个月的饭费，爷爷还是要向别人低声下气地去讨要。何况，奶奶每个月要吃百八十元的药，爷爷有高血压，也需要花钱吃药。一想到这些，赖家益就觉得自己的心像要炸裂一样。

"爷爷奶奶只有国家下发的养老金。平时，姑姑、姑父会给爷爷奶奶一些钱，我希望能够把钱用到爷爷奶奶身上，用这个钱看病吃药才是最重要的事。"他常常看到爷爷经常不按时吃药，说吃药会影响胃口，但实际上是为了省钱。

赖家益默默地把鞋子刷干净，又把被单洗净，做好了出门打工的准备。

一直疼爱他的姑姑来了，她很严肃地对他说："家益，你一定要读书，姑姑这边再困难，也要支持你上学！每个月的饭费由我来出，我绝不允许你退学！"

赖家益不愿再拖累为他的成长付出太多的姑姑，于是用一种很倔强的方式表示了拒绝："不要您管！"

好在天无绝人之路。正在赖家益进退两难之时，初中时的班主任徐文丽老师送来了好消息。她得知赖家益退学的缘由，专程来到他的家里，对他说："家益，你上学还有希望。你还记得你此前填报的志愿里有一个公费师范生的项目吗？你现在放弃去合浦县第一中学读书，应该还有机会参加玉林师范学院公费的定向师范生项目，虽然第一批录取结束了，但我听说这个学院没有招满，现在应该还有补录的机会。"

"真的吗？"听到徐老师这么说，他立刻来了精神，一骨碌从床上爬起来。

徐老师详细地向他介绍了招生政策，玉林师范学院的初中起点五年制定向师范生，面向应届中考考生招生。主要政策是"定向招生，定向就业，免费培养"。在校学习期间免除学费、住宿费，还补助生活费，取得毕业证并获得小学教师资格证后，由定向县按培养协议办理正式录用和入编手续，安排到乡镇（不含县级政府所在镇）及以下小学或教学点从事小学教育工作。

"也就是说，若要选择这个公费定向师范生项目，你至少要回到乡村小学教 6 年书，还有一条规定很严格。如果毕业时或服务期内不履行定向培养协议的，按规定退还已享受的免费教育费用，并缴纳违约金。"徐老师的耐心讲述，让全家人都很惊喜，也很惊讶。

"国家还有这么好的事儿？家益，爷爷支持你当老师，这些年没有老师们的帮助，你走不到今天。"爷爷听说了这个项目之后很激动。

"公费定向师范生项目挺好的,是国家出钱培养你。家益,你毕业之后只要回报国家,当好教师就可以了。"徐老师的一番话,让赖家益和他的爷爷奶奶喜出望外。

他迫不及待地问徐老师:"我还可以去参加面试吗?"

"你之前中考志愿里填报了玉林师范学院的志愿,现在你决定不到合浦县第一中学读书,我们可以把你的情况报上去,争取给你一个公平竞争的面试机会。"徐老师想了想说。

那一刻,赖家益似乎在一个巨大的人生岔路口找到了方向,他不再徘徊,也不再犹豫,看准了光明的方向,毅然快步地迎了上去。

25. 面试结束之后,给面试老师深深鞠了一躬

时间必须回到2016年8月末玉林师范学院的那场面试。当时,石湾中学还有5名学生也报名了。从石湾镇到玉林市有200多公里,于是,镇上就派车送6名考生一起去参加面试。

面试的时候,有6位老师坐在面试席上。

"对于我来说,那是很大的阵仗,我非常紧张。"赖家益清楚地记得面试那天发生的一切。

为了面试,他特意跑到镇上的理发店把头发理短了,然后穿上运动鞋和一身运动衣去参加面试,他希望以一个青春阳光的形象示人。

面试的第二个环节是形体,面试老师先是让他做了一些和形体有关的动作,如转身、踢腿、跳动等,考察他身体的协调性。因为

有舞蹈的基础，这些要求他很轻松地完成了。

"你觉得男生学舞蹈，是娘或者是没出息的体现吗？"形体面试官是位男老师，老师的提问令他迟疑。

"我觉得不会。'娘'是女字旁加良，那么它就是用来形容人非常贤惠，所以我觉得这个字的寓意很好。男生学舞蹈，可以提升自己的气质，塑造形体。"

读初中的时候，赖家益的声音比较尖细嘹亮，有同学嘲笑他"娘"，他便想了这样一套说辞来反驳那些同学，没有想到竟在这里派上了用场。

第一场面试中，面试官问了他三个问题。

第一个问题是："你为什么要选择当老师？"

赖家益有点腼腆地笑了笑说："我觉得当老师很好，上小学时，我的班主任就像妈妈一样，很温柔、很亲切，照顾我，帮助我。中考时，老师和我们在一起，陪着我们参加考试。在我成长的过程中，老师是我学习的榜样，对我帮助非常大。"

第二个问题是："你觉得你能通过面试吗？"

"我真的不知道，但是我会努力的，因为当老师已经成为我的人生理想。如果这一次不行，我还会再来。"

第三个问题是："男性当老师，你觉得有什么优势？"

"男性愿意当小学老师的人比较少，实际上男性当老师非常好，男老师更可以陪着孩子玩耍，让孩子们的性格更阳刚。男老师力气大，还可以帮助女老师干些重活。"

来参加面试之前，徐文丽老师在学校已经陪着赖家益演练过很

多题目。但是，到了面试现场，他还是很紧张，手止不住地发抖，表达得也并不是很流利，打了几次磕巴，一直在忙不迭地重复着"对不起"，但他还是完整地把要表达的意思阐述出来了。

面试老师满脸笑意地听他回答问题。在离开之前，他说了这样一段话："各位老师，对不起，我刚才表达得不是很好，但是我非常想当老师，一些原因迫使我没能到高中读书，但我很想继续上学，我不想现在就去外面打工，希望各位老师能给我一个机会！"

说罢，他给6位考官深深地鞠了一个躬，停顿了几秒，再起身，露出自信的微笑。然后，退了出去，轻轻地把门带上。

那一刻，赖家益心底最想感谢的人就是徐文丽老师。是徐老师让他真正了解到了免费师范生的项目，更是徐老师指导他最后要说这一段话，以及"一定要深深地鞠个躬，再离场"。

"没有徐老师，就没有我那一次面试的成功。"赖家益清楚地记得，当时来参加面试的同学当中，有2名同学的中考成绩比自己的还要高。那次，石湾中学来参加面试的6个人中只有他一个人通过了面试。

"我觉得我说的那段话应该起到了作用。从此以后，不管到何处去面试还是参加演出、演讲之类的，我都会在最后深深地鞠个躬，对大家表示谢意。这已经成了我的一种表达方式。"

多年以后，当我们和徐文丽老师取得联系时，她表现得相当平静，面试下场前鞠躬这些细节早已经不太记得了。

徐老师说，最初见到赖家益的时候，对他并没有特别的印象。初二时，他来到徐老师所教的班级，徐老师感觉他普普通通的，但他很强烈地要求来徐老师的班级,徐老师就收下他了。

"后来我发现每次填各种表格,在家长那一栏,他填写的都是姑姑的名字。经过了解才知道,他是单亲家庭,一直和爷爷奶奶生活,姑姑照顾他比较多,父亲常年在外打工。"

谈到给赖家益补课,徐文丽老师说:"孩子家庭特殊,我自然多了一些关注。其实,我们对每个学生都是这样的,看到学生功课落下,就想赶紧给补上。"

"当时我没有时间专程陪他去玉林师范学院参加面试,但我一直和他通电话,面试的每个环节我都了解,我一直在鼓励着他。"徐老师说,"赖家益面试通过的通知短信是学校发给我的,我打电话告诉他的时候,他特别开心,我鼓励他把下面的笔试环节好好完成。"

26."祝贺我校赖家益同学被玉林师范学院录取"

得知自己面试通过的消息时,赖家益正和姑姑在玉林师范学院的校园里散步。对于16岁的赖家益来说,玉林师范学院的校园简直是像大观园:气势雄伟的教学楼;长势冲天的棕榈树摇曳着巴扇般宽大的叶子,似乎在向姑侄俩致意;豪宕雄劲的山上,松树依然傲骨峥嵘;还有那盘虬卧龙的枝干,葱绿疏朗的参天大冠的榕树;路边一排排枝繁叶茂的柠果树像一排排威严的哨兵,飒爽英姿地守护着校园;三片独具特色的小湖,天南湖上的彩虹桥、香远益清的莲花池,一袭亭袅,一岸柳垂,叶影参差,花影迷离。姑侄二人漫步在校园里,勾勒着对未来的憧憬与向往。

"真的比我们合浦县的任何一所高中都要大。"得知面试通过的那一刻,他和姑姑紧紧地拥抱在了一起,仿佛校园的灯光都变得格外明亮起来。

那一刻,姑姑用一种慈爱又欣喜的眼光看着他说:"真开心啊!"

"那一刻,我恍然有一种预感,未来,我一定会属于这里,这个校园会成为我人生的下一站。"赖家益看着这里的一切,忽然觉得格外亲切起来。

第二天,赖家益按照要求参加了笔试。

其中一个题目是默写古诗,试卷出了15首古诗的题目,任选其一进行默写。赖家益选了一首五言绝句,很快就写出来了,又多默写了一首。"希望给阅卷老师留一个好的印象。"

还有一个题目,是要求用15分钟抄写一篇课文。"老师的板书很重要,我想这个环节考的就是这个,于是我既快又好地按时把这篇课文抄写在了黑板上。"

笔试结束之后,一起来玉林师范学院面试的同学,因为没有通过面试,已经基本上知道自己不可能被录取了,但是他们没有抱怨,而是满腔热情地希望赖家益能够如愿以偿。

从玉林师范学院参加面试、笔试回来,赖家益非常忐忑,好几天都睡不着觉。每天想的都是面试或者笔试的哪个环节有了错漏,然后他在纸上写下认真思考后的答案,一直在复盘所有的细节,有时候还会有一点儿自责。

终于消息来了。石湾中学的校长在新学期家长会上,拉了一个长长的横幅,上面写着"祝贺我校赖家益同学被玉林师范学院录取"，还特意在学校门口放起了鞭炮。全体老师都为赖家益被录取的事而兴奋不已。

校长见到赖家益后，使劲儿拍拍他的肩膀，说："家益，好好学，以后咱们就是同行了，祝贺你被录取！"

听到校长这么说，赖家益脸上露出了害羞的神情，旋即笑了，道了声："谢谢校长！"

他还记得上初三那年，看到社会上的"摇滚青年"穿着牛仔裤，留着长头发，自己有一段时间也开始留长发。爷爷奶奶说了他几次，他也没有剪掉，依旧我行我素。

就是这位因为撞见他躲避爷爷接他，而愤怒地给了他"一记老拳"的校长，再次对赖家益发了脾气："赖家益，你给我站住，学生就要有学生的样子，留着长发像什么，你放学后去剪掉，不，马上剪掉！我带你去。"

不容分说，他把赖家益拉到自己自行车的后座上，载着他来到石湾镇的一家理发店，自掏腰包。"往短里剪，他是我的学生。"不到一根烟的工夫，赖家益的长发就被剪掉了。

……

"看，这样才像个学生，才是一个好孩子。"校长看到头发理得很短、干净利索的赖家益，嘴角露出了笑容，"上车，赶紧上学去。"

挂横幅那天，很多家长都对这个考试产生了浓厚的兴趣，"国家出钱培养学生当老师，一辈子有了'铁饭碗'，这多好呀！以前我们怎么不知道呢？""这是国家的新政策，2014年开始，玉林师范学院才开始招收初中定向生，今年（2016年）的初中起点公费师范生招

499个考生,是招生人数最多的一届!"

一个师妹说:"赖家益为我们趟出一条路,因为我们以前都不知道公费师范生的招生考试是怎样的,以后有了努力的方向,我们一定要比赖家益师兄更厉害。"

开会那天,家益的爷爷去了现场,在会场里笔直地坐着,听校长介绍了自己孙子考取公费师范生的经过,他脸上满是幸福的笑容,说:"孙子上学的费用有着落了,当老师真的是光宗耀祖的一件好事哩!"

那一天,爷爷奶奶特意在家给赖家益炖了一只鸡,还买了一些猪肉和蔬菜,摆了一桌子饭菜,庆祝了一下。姑姑、叔叔赶来了,爸爸和继母也来了,所有人在餐桌上都是神采飞扬,兴高采烈的。饭后,赖家益的父亲轻轻地说了一句:"家益,好好学习!"语气中,充满了从未有过的亲切感。赖家益默默地点了点头,眨了眨眼睛,示意父亲:"我听到了,听到了迟到了那么多年的一句叮嘱。"

赖家益考上师范学校,仿佛给小山村带来无限的光彩,人们奔走相告,纷纷跑到他家里来祝贺。有的老乡送来土鸡蛋,有的抓来一只鸡,还有的送来干面条……乡亲们用最淳朴的方式表达对山村学子的祝福。"这孩子从小没有妈,挺苦的,终于快熬出头了!""爷爷奶奶能享孙子的福喽!"众人也为赖家益的"金榜题名"而高兴。

后来,赖家益了解到,那一年是玉林师范学院公费师范生初中定向招生启动的第三年,合浦县一共招录了25人,其中有2名男生。他很幸运,成功被小学教育专业(定向师范生)补录。

27. 再次离开红锦村，外出读书

终于可以去上学了！去玉林师范学院报到的那一天，赖家益穿上了自己最喜欢的一身运动服和白色运动鞋。

开学的前一天，姑姑来了，对他说："家益，明天就开学了，姑姑特别开心，你将来能当老师，太好了。"姑姑一下子给了他500元钱。"拿着！需要用钱时，你就和我说。"一种无法言说的感动在赖家益的心头涌起，这么多年，姑姑在某种意义上代替了妈妈，给了他胜似母爱的温暖。

接过姑姑递过来的钱，那上面还有着她的体温，那是一种妈妈的温暖。

爷爷和奶奶也掏出了500元钱。"益仔，接着！不要担心，爷爷

◆ 石湾镇老桥

有钱，你这次出去可要好好读书啊，不要再想别的事儿。"

叔叔也来了。"家益，这 500 元钱，你拿着。叔叔期待你学业有成，缺钱的话，就给我打电话。"赖家益无法拒绝叔叔的心意，虽然不经常见面，但他知道叔叔爱他。

他初中时的班主任徐文丽老师更是因他的成功而感到欣慰，特意给家益买了一双运动鞋，作为送他上学的礼物。她说："家益，穿上这双新鞋，走出自己崭新的人生路！"赖家益无限感激地收下了，为这个礼物高兴了很多天。

石湾镇政府教育科的一位工作人员给赖家益送来两本书，说："家益，多读点儿书吧，读书会使人看到不一样的世界。"

曾校长也来了，他送给赖家益一个保温杯，说："到了学校，多喝热水，多注意身体！"

赖家益这次去玉林师范学院报到，可以说是在众人的祝福和关注中去的。

姐姐也特别高兴，那时候她已经从高中退学，一个人到南方打工，她给赖家益发来微信："弟弟，你是姐姐的骄傲！好好学习，需要钱就告诉姐姐。"

再次踏上离开红锦村的路，赖家益的眼角又涌出了泪水，然而这泪不同以往，是幸福的泪、激动的泪。

第四章

走向自信带来的痛,要承受;
同龄友情带来的快乐,要接得住

  有温暖、有安全感的爱,守护家益成长为对社会有益的人才。对孩子来说,这些爱都来自大人,而和同龄人在一起,人们才发现,孩子的成长不仅需要爱,还需要自信。

  同龄人的相伴,让家益发现自己不是一个单独的人,而是社会的一个因子;同时他也明白,自己不再是一个孩子,是一个必须自立的男子汉; 不能再做缺爱哭泣的孩子,要做一个有能力爱自己的社会人。

  成为一个自信的人,因此带来的快乐,他要接得住;由此带来的痛,他也必须承受。

28. 到三娘的螺蛳粉店打工

开学已经是 10 月了,来到玉林师范学院的第一天,赖家益放下行李就跑去问学长:"哪里能做兼职?我想打工赚钱。"

"当时兜里虽然揣着 1500 元,但是我决定先存起来 1000 元,这个钱我不能动,万一爷爷奶奶病了,是需要钱的。"赖家益说,"学校每个月发给学生 300 元饭费,但是我还要买一些必需的生活用品——袜子、毛巾、洗衣粉、洗发水、牙膏、肥皂,还要交手机费,充公交卡等,必须自己再搞点儿收入。"

赖家益用"聪明"两个字形容那时的自己。他在玉林师范学院读书的时候,学校门口有一家卖螺蛳粉的店。店里面有个老板娘,大家都叫她"三娘"。三娘是一位中年女人,做事麻利,待人热情,脸上总是挂着笑意。

看到店里人少,赖家益鼓起勇气对三娘说:"阿姨,我以后下了课,能不能来帮你做事,然后每天在你这里吃一碗粉?"

三娘闻声转过头来,看到一个很机灵、个头不是很高的小伙子,她顿时明白了这个小伙子是个新来的大学生。她说:"是想来兼职做份工作吗?"

"是的,阿姨。我一定能做好,我不要工钱,能吃碗粉就行。"赖家益说。

"傻孩子,那怎么能行?做工必须要有工钱。"阿姨一脸微笑地看着他,又说,"这样吧,下课没事的时候,你就过来帮我收银或者收拾碗筷,我一小时给你 7 元钱的报酬,当然,在店里吃碗粉是没问题的。"

赖家益听三娘这么说，不禁喜出望外。"实际上，店里有服务员在忙碌，应该是不怎么缺人，但三娘还是照顾了我。"

此后，赖家益除了早餐在学校吃，午餐和晚餐都在店里吃，学习之余，每天还能够挣二三十元钱。这样一来，他就不用朝爷爷奶奶或姑姑、叔叔要钱了。

"三娘特别好，很照顾我，她不会让我洗碗，总让我干一些比较轻松的活儿。我有时也管三娘叫姨。"赖家益说。

有一次，赖家益的身体有些不舒服，但他还是强撑着来到三娘的店里，干了一会儿，看到店里的人少，他就在店里找了一个靠角落的桌子，趴在上面睡着了。

没有想到，那天三娘的老公刚好来店里，他看到一个"打工的学生"趴在桌子上睡觉，顿时来了脾气，"怎么回事？为什么这么懒惰？你是来做工，还是来睡觉的啊？"他大声喊了几句，也把赖家益惊醒了。赖家益赶紧爬起来，不好意思地看着他，说："叔叔，对不起！"

"干活儿就要有干活儿的样子，要能吃苦才行。"老板还是在一旁说个不停，赖家益的脸上红一阵白一阵，用眼睛盯着自己的脚，拼命地搓着手，感到十分羞愧。

很少被父母宠爱的他在那一刻心里真的是五味杂陈。

那天，他没有要三娘给他的工钱，也没有在三娘的螺蛳粉店吃饭，而是带着伤心和自责回了宿舍，闷头睡了一觉。

似乎只有睡觉才能够让他忘记所有的不快和劳累。

第二天，赖家益照样到螺蛳粉店来上班，一见到他，三娘就赶紧走了过来，拉住他的手说："我老公啥都不懂，昨天的话不要往心里去，继续到阿姨这里来做兼职，有阿姨这个店，就少不了你这口饭，孩子。"

字字真情，句句暖心。多好的三娘啊！赖家益赶紧仰了仰头，他怕泪水在此刻滑落下来。

29. 那一次生病，把头捂在被窝里哭

大学时光过得飞快。早晨，迎着清爽的风，走在风景优雅的校园里，赖家益常常有一种恍然如梦的感觉，不敢相信这一切都是真的。

赖家益曾经在无意中读到的一段话，让他如醍醐灌顶一般："我觉得很多东西，它真的不都是你靠努力所得来的，大多是命运所赋予你的。做东西比你好的人多了去了，比你学识卓越的人多了去了，比你认真的人多了去了，你不过就是被命运暂时选中的幸运儿而已。因此，你需要思考的是，今天是不是做得比昨天更好一点？你的德行本身有没有进步？我们登上并非我们所选择的舞台，演出并非我们所选择的剧本，我们不能够辜负命运的安排，也不能够对命运有过多的期待与抱怨。我们只能做好当下应该去做的事情。"

对于18岁的赖家益，能够在这所学校读书，已经是命运最好的安排了。因此，每一天他需要面对和思考的就是怎样能够养活自己，怎样能够安排好每一天的学习和生活，仅此而已。

除了课余时间到三娘的螺蛳粉店打工，大学的第二个月，赖家益还找到了第二份工作——发传单。

周末出去发传单，相对来说，时间短，见效快，能够很快拿到比在螺蛳粉店多几倍的工资。但发传单的工作很辛苦。虽然赖家益做好了"被拒收是常事"的心理准备，但他还是体验到了人间冷暖。

"突然间就懂得了很多东西。发传单其实对别人是一种打扰，但如果你不上前鼓起勇气把传单强塞到路人手里，自己就没有钱能继续在大学里生活下去，因此我必须冲上前，请别人收下我手里的传单。"

赖家益算是一个相对腼腆的人，但在那个时候他已经顾不得许多了。如果你困苦，生活会在不经意间把你锻造成钢铁。

发传单的时候，有一些人会摆摆手说"不要"，甚至有一些人接过去之后，会直接把传单揉碎扔掉，赖家益看在眼里，心里却很不是滋味。

"但是也有一些学长学姐特别好，他们接了传单之后，偶尔认出我时，会说，'家益，给我来一张吧！'那一刻，我会有一种特别温暖的感觉。"他说，有一些学长学姐曾经在螺蛳粉店见过他，知道他是靠打工赚钱上学，生活得很不容易，因此就会心存善意。

有一个冬天的周末，赖家益冒着冷风发传单回来，受了风寒，开始时是打喷嚏、头疼，接着就发起了高烧。

他挣扎着到学校附近的一家药店买药。他摸摸裤兜，只有20多元钱。店里的药师说，拿药的话，需要买一盒感冒药，再买点儿消炎药，总共得40多元钱。他悄悄地捏了捏兜里的钱，有点儿舍不得掏出来。药师问:"还买不买,你烧得很严重,得吃药啊!"是啊,他觉得头很晕,很沉,但还是说:"不买了。"他头重脚轻、腾云驾雾般"飘"回到宿舍里。

那天,赖家益没有去上课,也没有力气去三娘的螺蛳粉店里打工,一个人喝了很多热水,把头埋在被子里睡觉,捂出了很多汗。

那时候,赖家益觉得很难捱,一个人在宿舍里盖着被子哭。他想不明白,为什么自己会有这样的人生?为什么自己的人生这样坎坷?他越想越难过。

赖家益拼命压抑着自己的哭声,他怕被同学听到,他不愿同学看到自己的苦楚。他捂着被子,尽量使声音发不出来。那天,他鼻塞,头很疼,那种难受的感觉很难用语言来形容。

虽泪流满面,却无一人知晓。

硬扛了一宿,也许是因为发了汗,第二天他居然退烧了,他又像一个没事儿人一样出现在教室里。

到了中午,赖家益拨通了姑姑的电话。姑姑问:"家益,你大学过得怎么样?""姑姑,我过得很好,这里饭菜很便宜,老师讲的课程我都很喜欢,宿舍里的同学对我很好,一切都很好,您放心吧!"

"家益,你身体怎么样?是否需要我再打点钱过去?"

"姑姑,我身体很好。您千万不要给我打钱。我还有钱花呢。"电话里,赖家益始终没有提自己生病的事儿,他不想让至亲的人再为他担忧。

也许,正如人们常常说的那样,所谓成长就是一段负重前行的路程,没有人天生喜欢拼命。只是他们知道,如果扛不住,就没有资格过上想要的生活。

30."家益,为啥总出去做兼职啊?"

在玉林师范学院读书的时候,宿舍里一共有5个室友——庞龙、姚盛、莫华谈、何火南、蓝著新。"他们都对我特别好,是我一辈子的好哥儿们。"

"刚开始时,我没有很好地融入他们,但他们真的都很好。"

大一时,赖家益会因为20元钱报酬而逃课,因为20元钱对于他来说真的太重要了。如果他赚不到这20元钱,可能到月底就没有钱吃饭,还是要外出去打工。

"那时,我偶尔会逃一节课出去挣钱,当然,这是不对的,但是我会很坦诚地告诉我的室友。他们一般会帮我签到,帮我应付下老师,我很感激他们。"

有一次,庞龙问了他一句:"家益,你为啥总是出去做兼职啊?"

赖家益笑了笑,没有回答。

"慢慢地,室友们知道我家庭条件比较困难的事儿,但他们从来没有嫌弃过我,没有看不起我。我常常因为饭费不宽裕,只买一点儿白粥喝,室友看到了,会假装很随意地为我带一份菜放到我的桌上,说'给你买的'。"

赖家益有了钱,就会还给室友。"昨天的饭费,我有钱了。"

"赶紧收起来,不需要还。"室友们总是笑笑地拒绝。

在何火南的眼里,赖家益平时生活很节俭,但是读书特别卖力气。课余时间，他不是出去打工，就是去图书馆里闷头自修。

"我当时就是想拿到助学金，因此学习上很用功。"第一学期期末考试，赖家益的专业课成绩在班里位列第四，拿到了助学金。

"看到赖家益那么优秀和努力，我觉得他特别厉害，平时他都在外面做兼职，真不知道他用什么时间在学习。我心里暗暗佩服他。到了大四，我们宿舍6个人都参加了专升本考试。周末一起去上课，一起参加考试，一起分享心得。后来，我们宿舍有5个人通过了专升本考试，大学毕业的时候拿到了本科学历。"何火南说，"我也问过他，自己卡里有上千元钱，为何还过得这么拮据？"

赖家益的回答是："那个钱不能动，万一爷爷奶奶生了病，这是他们的救命钱！"室友们听了无不为之感动。

对于赖家益回红锦村教书的选择，何火南用"伟大"两个字形容。他说："我们上学时都知道，赖家益来的时候，他们村小的教学条件非常差。如果说，读免费师范生的学生当中有一个人会毁约，我们都猜会是他。而实际上不是，他拒绝了上海一家机构的高薪聘请，回到了村里，这一点，就足以让我们非常敬佩。"

何火南和室友们在2022年的端午节，特意跑到北海市找赖家益聚会，这也是他们毕业之后的第一次相聚，大家在一起吃烤串、喝酒，说了很多心里话。

何火南在赖家益发到宿舍群里的照片看到，一家电子商店因为他的影响力而免费给学校捐赠6台希沃教学一体机，这让他特别羡慕。

毕业后，何火南和赖家益一样，选择履行公费师范生的合约。

◆ 即将影响家益一生的校园学习生活开始了　　◆ 赖家益大学时期练习书法

目前他在广西壮族自治区梧州市岑溪市马路镇县容中心小学担任三年级的数学老师。"在基层当老师，对于我们年轻人来说的确是一种锻炼。"

"我们学校现在教学用的设备是一个投影，有个电子触控板，但触控板已经是完全用不了的状态。学校近年购置的第一批教学设备目前已经面临淘汰，但是因为教育经费的问题，到现在还没有换新的。"何火南说。

31. 头低下的时候，泪一滴滴无声地落在地上

有一天，赖家益正在螺蛳粉店里忙碌，突然，一个熟悉的身影

出现在了自己面前,原来是自己的老师李霞。李霞是玉林师范学院教育科学学院教师,平时师生俩经常在校园里能遇见。

"家益,你在这里打工是吗?"李霞老师问。

"是的,老师!不好意思。"赖家益有点儿害羞地搓搓手,"您点的是啥?我去给您端!"

李霞看着这个面庞白皙,身体有点瘦弱,但总是带着笑容的男孩,心里突然有一种说不出来的心疼。"多懂事的孩子啊!"

平时上课,李霞就很关注赖家益,在课上时经常叫他站起来回答问题。尽管兼职很忙碌,但他从来没有缺席过李霞老师的课。"家益,如果你需要生活费,随时可以来找我,不要犯难。"李霞老师把他叫到身边,轻轻地说,目光里有一种柔和的光芒。

赖家益听了这话,心头一热。

不久后的一天,赖家益因为旷课,被班主任打电话叫到了办公室。办公室里,所有的任课老师都在,学院院长、书记也在。

看到这么大阵势,赖家益感觉自己把事儿闹大了,心里直敲小鼓。

"你为什么老是旷课?""旷课是不对的,你是一个学生,知道学习多么重要吗?""听说你大一时还拿了助学金,现在为何旷课呢?"老师们轮番向他发问,语气中除了担忧、责备,更多的是一种关切。

他呆若木鸡地站在原地,低着头看着脚下,一句话也说不出来。老师们再问,赖家益只是机械地点点头,重复着"嗯"。

过了一会儿,李霞老师站了起来,说:"作为学生,家益旷课是不对,但是不是也要问问他为什么旷课?是不是遇到什么困难了?"

她接着说:"家益这孩子,从小成长在单亲家庭,和爷爷奶奶住在一起,家里经济条件比较困难。我在学校门口的螺蛳粉店里常看到他在那里洗碗,一堆阿姨,只有他一个小伙子在那里忙个不停。作为老师,我们是否应该想想如何帮助他解决一下生活上的困难?"

李霞老师发言时,所有的老师睁大眼睛听着,赖家益的情况是他们以前不太了解的。

"家益专业课成绩不错,学习上也很要强,你们了解过他吗?"

听到李霞老师这么说,赖家益感觉很惊讶,终于有人懂自己的辛苦,一直憋着的眼泪便夺眶而出。

"我仰着脸,想叫眼泪回去,但怎么也拦不住。"

院长发言了,他说:"家益,你有什么困难要说出来,学校能帮上忙的,一定帮助你。"

赖家益还是一句话没有说,低下头的时候,眼泪一滴滴无声地落在地上。老师们见状,只好让他先回去上课。

傍晚时分,吃过饭后,李霞老师和院长来到宿舍里找到赖家益。"家益,我们出去走走如何?一起到操场聊聊天。"

赖家益跟随着他们一起走到操场。金秋十月,北方已经是秋风瑟瑟,而广西却依旧有着夏日的余韵。瞧,被热红脸的晚霞在天边纳凉呢,树木在微风中轻轻摇曳,大地静美而柔和。

在这一刻,赖家益十分感动,眼泪再次不争气地涌出,这是被关怀之后的感动。说到自己年迈的爷爷奶奶,以及自己从高中无奈退学等事情,他越说越难过,越说越止不住悲伤,仿佛自己在生活中遭遇的困苦在这一刻都要一股脑地倾诉出来一样。

李霞老师一直安慰着他:"家益,你自强自立,积极向上,是一个好孩子,老师理解你的处境,但你还是要处理好学习和兼职的关系。这种情况,你可以继续申请国家助学贷款,我回头把申请表给你,你认真填写一下。"

院长说:"家益,你要引以为戒,一定要把学习放在心上,我相信你会成为一名优秀的教师。"

李霞老师郑重地告诉他:"家益,一名优秀的老师一定要回归常识,回归本分,回归初心,回归梦想。老师相信,今后帮助和你有相同境遇的留守儿童,应该就是你的初心和梦想,因此,一定要更加坚强!"

32. "来了这儿,你就不是一个人了"

到了大二下学期,经历了两年的专业课学习,赖家益心里终于有了些底气,想着可以做点儿"本职工作"——去做家教。家教让他第一次真正体会到当老师的感觉。

"那就一小时50元钱,孩子的语文就拜托您了,赖老师。"第一次听到这个数字,赖家益眼睛一亮,想都没想就一口答应了。要知道自己之前站在外面发一天的传单,也不一定能拿到50元钱。

"一课时50元,每周4天,一周下来就可以赚到200元!"赖家益这样想着,嘴角抑制不住地上扬。小女孩名叫晓愉,在上四年级,赖家益主要负责辅导她的汉语拼音和阅读理解,附带讲解一些作文技巧。和在老家不同，城里的孩子本身就有着比较不错的底子，补课也只是查漏补缺，夯实基础。小女孩的配合度很高，一个月下来，月考的语文成绩比之前提高了10多分，这也让赖家益更有了自信，讲课也更带劲起来。

"赖老师，留下来吃完晚饭再走吧。"那时候的赖家益还有些男孩的羞赧，做所有事总是小心翼翼的，又因为他的学生是女孩，自觉地保持着一定的距离。女孩的父母似乎感觉到了这位赖老师的拘谨，每次辅导结束，都会挽留他在家里吃完饭再走。盛情难却之下，赖家益只好答应。坐在饭桌旁，一家人的热情让赖家益逐渐放下了戒备，慢慢学会融入其乐融融的家庭氛围。

晚饭后的时间不早了，晓愉的妈妈主动提出开车送他回学校。"家益，你父母是做什么工作的？"路上，晓愉妈妈问起他的家庭情况，现在的他已不是小时候那个对自己的家庭闭口不提的小男孩了，特殊的成长经历让他拥有同龄人身上难见的成熟稳重。伴着车上播放的音乐，他从容地讲述着自己的成长经历。

"唉，真的不容易，我的妈妈之前也是从福建农村嫁过来的，当时家里也是有很多孩子。没事儿，来了这儿，你就不是一个人了，以后你就把我们家当成你的家，有什么事儿，你随时来找我们。"他第一次感觉到，原来自己的经历也可以换来这么多的温暖和善意。

从那之后，晓愉的生日或者家里的聚会，都会邀请赖家益去参加。在晓愉的生日会上，赖家益由着晓愉的弟弟将蛋糕上的奶油抹在自己的脸上，那一刻，看着这个调皮的小弟弟脸上的笑容，他仿佛看到了小时候的自己。家益突然有一种感觉，对于那些自己童年缺失的爱与呵护，他在长大后努力填补着。

家教工作不仅让赖家益拥有了新的经济来源，让他尝试了"为人师表"的担当、尊严和责任。对于赖家益而言，大三才是大学生活真正的发轫期，他终于有精力像其他同学一样，参与一些校园活动，体验真正的大学生活。

33. 举起相机的那一刻，阳光好亮

大一刚入学，赖家益就加入了教育科学学院的园丁社，到了大三，通过竞选担任了园丁社外联部的干事。园丁社和主持社、绘画社、书法社一样，是培养兴趣爱好的学生社团组织。因为赖家益形象出众，社长找到他，希望他可以参加校园刊物的封面拍摄。"家益，约个时间过来试试。"社长说。

听说社团里有这样一个勤工俭学的项目，不是很辛苦，一两个小时就有几十元钱。赖家益没有多想，就赶去面试了。

第一次去面试并不顺利，赖家益因为身高没有达到标准被刷了下来。但是他不甘心，找到当时负责社团的李霞老师，希望可以再

给他一次机会,让他再试试看。

来到试镜间,镜头里的他身着白色衬衫,笑容明朗,俨然干净清爽的邻家男孩。与生俱来的镜头感让赖家益得到了这份"体面"的工作,第一次正式出镜便登上了《青春》封面。《青春》杂志是教育科学学院团委主办的内部资料,每期出版后都发放到各个班级。

"家益,家益,这个是你吗?"室友们看到《青春》封面上熟悉的面孔十分惊讶。"是我,前两天参加了拍摄。"赖家益不好意思地笑了。

"小家益,像个明星咯!"

"拿着杂志,我感觉有点儿不真实,甚至有点儿不敢相信图片里的人居然就是自己。有的同学拿着杂志问我上面的人是不是我时,我还会感觉蛮不好意思的。"赖家益还将自己的大学生活感受写成了一篇散文,刊登在了同一期的《青春》上。

同专业的同学纷纷在朋友圈转发,那段时间,他的名字时不时地就会出现在表白墙上,室友们也变得繁忙起来,常常有人找他们打听这个帅气"小哥哥"。

那一期的《青春》一共选用了10张赖家益的照片,让他"轻松"地得到了60元的稿费。《青春》上所有的照片都由学校外聘的专业摄影师拍摄,这也是赖家益第一次近距离地接触摄影机,闪光灯闪烁的一个个瞬间让他痴迷上了这光和影的艺术,赖家益逐渐喜欢上了这份兼职。

赖家益成了这本校园刊物长期聘用的"模特",几乎每一期都可以看到他的靓照。

有一期,《青春》为了宣传学校的游泳比赛,弘扬体育精神,需

GOOD TRAVEL DAY
私の冬の旅行計畫

私の希望を見つけることがこの冬
の暖か い地方に行ってこの冬ご覧のようなところに私に発見されたのは
本当に暖かいです。あなたは大理見のようにそれを一か所ご郎暖か 気が澄まな いながらもそれは郎暖いきれいの物町の
温みを同踏にきれい 組織つい
て多くの彼の関邦の希望を見つける
ことができるあなたいつか児同糜の鋼歴ご同じ路を踏みつけたの
同じところを歩いた。

Chapter-01

Travel to dali

◆ 玉林师范学院教育科学学院刊物《青春》封面，赖家益大学时拍摄

要模特下水拍摄相关图片。冬天游泳馆里的水很凉，加上需要裸露上身，没有人愿意参与拍摄。

"我可不能去，大冬天的穿泳装，会让人说三道四的，这简直太疯狂了！"面对社长的邀请，赖家益一口拒绝。

社长不死心，劝说："园丁社是学校的正规组织，大学生在游泳馆拍写真很正常。"

青春就是一首诗，充满动人心魄的力量。

TFBOYS演唱过一首《青春修炼手册》，这首歌的关键词就是"勇敢"。已经历了些风雨的赖家益又一次选择了勇敢。

那是赖家益最辛苦的一次拍摄，全程将近两小时，赖家益站在水里，全身上下只穿了一条游泳短裤。游泳馆里人来人往，让镜头前的赖家益不禁满脸通红。"怎么穿这么少？在搞什么名堂？""泳装照都上了，真行！"

别人的议论，反而让他来了精神，他心想，这组图片一定要拍好。虽然有点儿忐忑，但他还是面带微笑地坚持了下来。那一期他得到了200元的酬劳，比较前卫的展示还是引来了诸多"非议"，这让赖家益心里有些压力。但勇敢不是指天生就有胆量和勇气的人，而是在前进和奔跑中能够走向顶峰的人。

这也令赖家益开始思考如何让别人更容易接受自己的照片。从那之后，他开始注意选择拍摄的地点和场景，图书馆、运动会成了他的首选。

赖家益站在跑道上，头上光亮的黑发在风中轻轻拂动，使他帅气的轮廓更加分明。没有了一开始在镜头前的羞涩，他更加自然地绽放着自己的笑容，汗水和阳光洒落在他挂满质朴笑容的脸上，显得格外耀眼、明亮。虽然，他也忙忙碌碌地穿梭于校园里，但他已经不再是那个终日为吃饭而发愁的打零工的学子了。

从前他似乎总是舞台下面那个不起眼的观众，无暇抬头观望大千世界的精彩，上课和兼职几乎占满了他全部的校园生活。如今他终于有机会站在属于他的舞台上，享受着为他而亮起的闪光灯。正如爱尔兰剧作家萧伯纳所说："生活不是寻找你自己，而是创造你自己。"

杂志拍摄逐渐让赖家益找回了自信，他不再像从前在螺蛳粉店做兼职那样小心翼翼，不再需要像发传单时那样委曲求全，甚至不需要依赖任何人。通过自己的努力，赖家益终于接近了自己曾经钦羡的模样。

每次拍摄，除了对着镜头摆出各种姿势，他还总会用余光观察摄影师的动作，审片时他还会特意向摄影师请教拍摄角度和方法。渐渐地，他已经不再满足于站在镜头前被人拍摄，而是开始对摄影产生了兴趣。

当时，赖家益已经有了一点儿存款，但是对于买一台专业的单反相机来说，还是远远不够的，于是，他在"闲鱼"上花几百元买了一台二手的佳能5D相机。

无论他走到哪儿，几乎都会带着相机，记录下生活的点点滴滴。赖家益经常会在朋友圈里分享自己的摄影作品，有时还会以室友为模特，拍摄"宿舍大片"。

有的同学听说赖家益会摄影，特意找他帮忙拍写真。慢慢地，找他拍照片的人多了起来，他发现或许也可以把摄影当作一个副业，根据拍摄对象要求的不同而适当收费。

这项新技能让赖家益的社交圈扩大了，朋友也越来越多了，他不再像从前那样独来独往，他也逐渐喜欢上这种被人需要和认可的感觉。

34."那段时光，才是真正的大学生活"

家教和平面模特的兼职，以及为他人拍摄的"私活儿"，让赖家益有了一定的积蓄，虽然只有几千元钱，但这是他在潜意识中预留下来的、为爷爷奶奶看病的"救命"钱，平时的收入也足够支撑他过一段"衣食无忧"的生活了。转眼间，大学生活过半，他终于开始放慢自己的脚步，想着多留一些时间用来充实自己的内心生活。大三下学期，他在宿舍里停留的时间开始多了起来，也终于有机会融入室友们的生活。

上午最后一节课上完，赖家益没有像以前一样冲出教室赶着去兼职，而是一边慢慢收拾书包，一边等着室友一起去吃午饭。一旁的庞龙见状，仿佛受宠若惊般冲上前，搂住赖家益，说："怎么，今天终于可以跟我们一起吃饭啦？"赖家益转过头冲着室友们一笑，手臂一挥，打了一个手势，一行人走出教学楼，余下欢笑声在楼道里回荡。

那段时间是赖家益最快乐的时光，不用兼职，不用逃课，白天和室友们一起上课、吃饭、打球、去图书馆看书；晚上回到宿舍休息，享受一个人的时光。有了空闲，他会一个人研习书法、工笔画。

6人的宿舍间空间并不大，几个人的桌子合拼在宿舍的中间，有时室友洗完澡回来看到赖家益在宿舍里"舞文弄墨"，便径直放下澡盆，坐下来相互切磋一二。

赖家益临摹的是《曹全碑》，宋徽宗赵佶有云"蚕头燕尾，一波三折"，也更有"春来赏光，蚕行燕舞"这样美妙的诗句用来形容隶书运笔之绝妙。练书法讲究凝气静神，须"收视反听，绝虑凝神，心正气和"。每一笔落在宣纸上，似乎都在按摩着他长期疲惫的心。

每当练书法进入状态时，室友们聊天的嘈杂声全然影响不到他，他只是静静地感受着笔墨在笔尖的流动。

那段时间，只要有空，他便会拿出笔墨临帖。古人云："欲正其书，先正其笔；欲正其笔，先正其心。"由于长时间浸淫在中国传统艺术之中，发生变化的不仅是他书写的笔感，还有他那日渐沉稳的心态，这使得他未来应对挫折和挑战时，拥有了胜于往日的从容。

赖家益还有了第一次和室友去KTV的经历，接触到了更丰富多彩的大学生活。走在前面的他推开金色玻璃的双开门，在门口借着昏黄的灯光放眼望去，一排沙发贴着墙摆放，沙发前的桌子上放着四个话筒和一盘糖，屋顶上绚丽的灯球随着音乐的节奏不停变化着。

以前每次室友们约他去KTV的时候，他不是在兼职，就是在学习，这是他第一次和室友到这种场合。那一晚，大家都玩得很开心，喜欢唱歌的他刚好能够一展歌喉。但是，不知道为什么，他似乎并没有很体会到这种娱乐方式带来的乐趣，真正令他感到开心的是自己真正融入室友们的生活中，也终于体验了一把大多数同龄人的夜生活。

后来,他还跟着室友们第一次体验了蹦迪,一开始只是出于好奇才跟着去的迪厅,刚一进门,他就后悔了。强烈的鼓点声和人群的喧嚷声简直要穿破他的耳膜,震得他脑子嗡嗡地响。一群人跟着劲爆的音乐节奏狂乱地舞动,这里的人无论男女嘴里都叼着根烟,迷蒙的烟雾混杂着刺眼的灯光,简直要让人丧失视觉。只见旁边的朋友拿了瓶酒向他递过来,不由分说地给他灌酒,他一时很难拒绝,硬着头皮喝了下去。

不知道究竟过了多久,他只觉得天昏地暗,双脚仿佛已经不属于自己,身体一偏,便瘫在了沙发上,依稀感觉自己的眼角在流泪。

再醒来时,已经是次日的中午,他睡在寝室的床上,至于他是怎么回来的,他自己也不知道。他只知道,醒来时,阳光是亮的,可头是疼的。

这一次的糟糕经历让赖家益刻骨铭心,从此,他再没有踏足过娱乐场所。

第五章

飘零的岁月绽放明日的生命之花

　　自信自立谈何容易？！生活总是让苦命的孩子，在刚尝到甜头的时候，就被无情地鞭打。绝境让刚刚长大的赖家益，放下微弱的自信带来的强大自尊，只为了报答曾给予他温暖的人。再度绝处逢生的他，找到了第二条扬升自信的通道，回报给予自己二次生命的人，回报给对自己有养育之恩的人……开启报恩模式之后，生活终于向他展开了美好的笑颜！

　　那个弱小、缺爱、在生存线上飘摇的稚嫩生命，终于开启了尽情绽放的人生。

35. 那一天,"老妈"突然去世,微信里再没有了回复

"收到钱了吗?""两千。"

这是赖家益手机里一直保留着的微信聊天记录,他至今不愿意删除。2019年9月4日,继母发给他如上的留言,在朋友圈里,他给继母的备注是"老妈"。

老妈经常和赖家益在微信里聊天。上午8点17分,赖家益的回复是"好的,收到了""谢谢老妈""刚刚上课""吃饭没有?老妈"……

老妈回复:"刚吃,你呢?"到了晚上8点22分,赖家益才回复了两个字"吃了",聊天没有继续。

赖家益当时的学习很紧张,因此,对于老妈的问询没有及时回复,但是让他没有想到的是,这次对话竟然是他和老妈的诀别。

9月3日那天,他发了一条朋友圈信息,说自己手里的钱又不多了,没有想到,老妈看到他的朋友圈后马上发来微信问:"没有钱,为什么不说?我马上打给你。"紧接着,老妈往他的银行卡里打了2000元。

从小就缺少母爱的赖家益,很庆幸有这样一位"老妈"来到自己的身边,自从那次和老妈紧紧拥抱之后,他在情感上已经接纳了她。大学时他经常通过微信和她联系。"因为继母对我挺好的,我从内心慢慢地接纳她了,她的善良和无私打动了我。"

"家益,你妈摔了一跤,住院了!"家里人来了电话,晚上,上

自习回来的赖家益接到家里人打来的电话，一时间他站在原地，有点儿不知所措。

9月5日夜里1点多，赖家益连续给继母拨打了3次语音电话，电话那头再也没有传来"老妈"那温暖的声音。那一刻，赖家益心里有种不祥的预感！

平时，和室友聊天时，赖家益从来没有讲过父母离婚的事。那时"继母和爸爸生活在一起了"，所以，每每被室友问及母亲时，他总会很自然地说起自己的老妈："我有母亲啊。"

继母平时会背着家益的爸爸，悄悄地给家益打钱。

听村里人说，继母是百色人，很早就和爸爸好上了，生下了姐姐，但继母当时已经许了人家，爸爸和她没能成婚，她才嫁到了邻村。妈妈离开后，继母还是决定抛下自己的两个儿子，回到爸爸身边。

9月6日，爸爸来电话说："家益，你老妈救不活了！"家益感觉到老爸整个人都已经崩溃了，声音痛苦而绝望。老妈是因为心肌梗死去世的。老妈让家益度过了一段很快乐的时光，他从来没有想过，老妈会这么快就离开！

"好戏剧性，我不敢相信这一切会发生在我身上。"赖家益不敢回忆当时那一幕，到现在回想起来，都觉得很难接受。

9月6日晚上10点，学校的门卫不让随便出去。"我一直在那里求保安放我出去，我说我母亲去世了。"保安说："必须上报班主任，核实情况，老师让放行，才能离校。"

时间一分一秒都很珍贵。赖家益心急气躁，想直接翻墙出校。

最后，他打电话给辅导员，辅导员跟保安说这属于特殊情况，保安才放行。

出了校门，他才发现大街上空荡荡的，于是，他又给他熟悉的陈一铭老师打电话求助："老师，我母亲去世了，我现在回家奔丧，但没有车坐，不知该怎么办。""别动，在校门口等我！"几分钟后，陈一铭老师骑着电动车送他到了车站。但此时已经太晚了，陈一铭老师存放好了电动车，决定打辆车送他回家。

一路上，赖家益都在哭，他第一次体会到亲人离世的痛苦！

好不容易自己有了一个新的母亲，终于可以叫她老妈了，却突然间就又没有了。"或许不属于我的终究会被收走吧。"赖家益甚至怀疑自己是不是真的不值得被爱，连好不容易出现的"光亮"都要离自己而去。

路上，赖家益给父亲打去一个电话："一定要救活我老妈！"

在出租车上，他喊的声音很高，旋即把头靠在陈老师的肩头，旁若无人地痛哭起来。

"所有一切，好像我都不在乎了，我就是想要救活老妈。"

回到家的时候，老妈的尸体已经被拉回来，停放在爸爸家的门厅里，上面盖着白布。赖家益进门后，掀开盖在她身上的白布，看着老妈失去血色的面容，他双手颤抖着，抱着她号啕大哭。现场的亲友无不为这一幕感动落泪。

"她对益仔不错，娃娃对她有感情，是一个好女子。"

"这个儿子总算没有白疼。"

…………

"我掀开她的尸布，心里没有一丝恐惧，我至今还记得她当时的神情，很安详。"赖家益过后想起才开始有些后怕。

继母去世，受到打击最大的人是爸爸。"他两眼神情是空洞的，不哭，也不笑，呆呆的，像是丢了魂儿。"这个性格刚强的汉子此刻似乎没有了生活下去的气力，头发蓬乱，胡子拉碴，不知如何给亡妻办好这场葬礼。

当时姐姐已经成了家，正怀着身孕。"我一瞬间觉得，所有的重担一下子都落在了我的身上。"

因为继母是改嫁过来的，根据合浦风俗，需要做一场风光的法事，故去的人才能托生得顺，这场白事预算要花两万元钱。由村里的"师傅佬"负责"一条龙服务"，两万元钱包括做法事、下葬、买棺材、做厨摆席等全部费用。爸爸几乎把所有钱都给姐姐装修新房用了，手头没有什么钱了。

"那时候很多事儿都凑在一起了，老妈的死让爸爸万念俱灰，在这个世界上，她才是那个支撑他的人。"现在，安葬老妈的事儿就落在了赖家益的身上，这是千钧重担，但他下定决心，不管怎样一定要把它办好，让老妈风风光光地下葬，不枉她来人间一回，不枉他们母子一场。

36. 为了"老妈"能够顺利安葬，向人下跪借钱

回家给老妈磕了头之后，赖家益第二天又返回了学校。这次在路上，他没有哭，因为身上背负着沉重的使命，要去筹钱。

"爸,等我回来,老妈的丧葬费,我去找。"他跪下,往盆子里给继母烧上黄纸,朝着继母尚未入殓的尸身磕了个头,然后毅然地出了家门。那一刻,老爸的表情是木讷的,他闷着头抽烟,塑像般地枯坐在屋子里。

那一刻,爸爸精神恍惚,又无助,赖家益看到眼里,痛在心上,只有让老妈入土为安,爸爸才能在余生中缓过气来呀!

他要尽快把钱筹齐。

回到寝室,他翻开自己的褥子,那里压着2000元现金,是他家教和外出参与各种活动获得的酬劳,是100元、200元一点儿一点儿地积攒起来的。微信里,还有老妈去世前转账过来的2000元,他也一并取了出来。

但这还不够。5个室友开始凑钱。"我永远不会忘记的好兄弟,庞龙、姚盛、莫华谈、何火南、蓝著新,他们从自己的饭费和日常开销中凑出来4000元钱给我。"

爷爷奶奶没有出钱。"这是我们的保命钱,我们年纪大了,活不了几年了。"

无奈之中,赖家益叩开了自己做家教的学生晓愉家的家门。"叔叔阿姨,我有件事情求你们。"没有往日的笑脸和轻松,浓浓的愁云挂在他的脸上。

"赖老师,怎么了?有什么难处吗?"

"阿姨,我妈去世了,我们那里要做法事,安葬她,家里没有那么多钱出殡,我想向你们借点钱。"赖家益说着矮下身去双膝跪在地上,自己已经泣不成声。

晓愉妈妈见状赶紧蹲下，把他拉起来："孩子，赶紧起来！阿姨借给你这钱，就冲你是个这么孝顺的孩子！"

叔叔把钱递了过来，说："家益，男儿膝下有黄金，把钱拿上！"

赖家益从晓愉家借了1.6万元。晓愉妈妈送他出门时说："家益，钱如果不够的话，再给我们打电话，我们再给你打过去。"

"那一天，我本来觉得好难过，是那种很无奈、很无助的感觉。自己才21岁，一点儿办法都没有，我感觉人生好难。没有想到，我遇到这样好的一户人家，在黑暗中给了我一束光，仿佛从谷底把我拉回了平地，让我觉得身上有了力量。"

揣着这带着温度的2.4万元，赖家益只想两肋生翅，赶紧飞到爸爸身边，给他足够的底气，送好老妈的最后一程。

去请假的时候，辅导员质疑："赖家益，你是不是拿家里人去世当借口请假，去做什么兼职呀？"室友过来和辅导员说："是他母亲去世了，是真的，他很伤心。"

"那赶紧回家吧，路上注意安全！"辅导员叮嘱了他两句。

继母去世的第三天，赖家益揣着钱回到家中："爸，钱找来了，足够用的。"

按照乡俗，姐姐是女孩子，不能靠近。有了钱，继母的棺材抬来了，赖家益帮着把继母抬到棺材里，一个人主持操办了整场白事。在继母装殓之前，赖家益打了一盆清水，亲自给继母擦了脸、双手、身体。"我要把老妈干干净净地送走，风风光光地为她安葬。"

继母的猝然离世令他有了一种苍凉感，在他缺少母爱的内心里，早已经认下了这个妈妈。继母常常叫他过去吃饭，他上大学后通过微信常常问候他，还经常打钱给他，"你吃饭了没有？""你还有钱吗？"继母发来的微信很平常，对待他就像对待自己的亲生骨肉一样。

"我觉得有那么一刻，她真的就是我的妈妈。虽然我没有和她一起生活，但是，她已经尽到了一个母亲的责任。在这个世界上，她曾很努力地生活，却没有享过多少福。"继母的离世，一夜之间似乎让他从男孩变成了男人，顶天立地。

从这个时候开始，他意识到自己必须干出一番事业，支撑起这个家。

37. "他好像只有我了"

继母去世后，赖家益请了几天假，在家里陪伴爸爸，给予他安慰。

失去母亲，姐姐很伤心，但住了两天，就回去了。偌大的房子，就爸爸只身一人，赖家益便从爷爷奶奶家搬过去和爸爸住在一起。

那段时间，他见证了爸爸的崩溃，胡子不刮，澡也不洗，头发长长的，就像一个流浪汉。

"爸爸，我给您理个发吧！明天我要回学校上学了。"爸爸没有拒绝，坐在凳子上，任由赖家益用剪刀给他把头发剪短，露出本来的容光。

没有太多的安慰和嘱托，父子之间的沉默有时也是一种交流。

回到学校的第一天晚上，赖家益自己去食堂吃饭，突然间他的心里升起了一种孤独感。那时他突然意识到:"爸爸什么都没有了,此刻,他应该比我更孤独吧?"

"我感觉爸爸很可怜,他好像只有我了。"于是,他拨通了爸爸的电话:"爸,我是家益。"

"益仔,你晚上吃的啥?"

"我吃的米饭、青椒,还有一个鸡蛋。"

....

赖家益第一次给爸爸讲了他在学校的情况,自己吃的啥,上课学了什么,那是有生以来和爸爸聊的时间最长的一次。"我就是想让老爸知道,不管怎样,他还有我这个儿子。"

"有一个瞬间,我感觉自己以前很不孝顺,和爸爸的交流太少了。"

晚上和同学一起打羽毛球,赖家益随手拍了一个视频,通过微信传给爸爸,微信被爸爸秒回:"好好打球,别分心,别惦记我。"

从那之后,每天下午上完课,赖家益都会和爸爸通个电话。"养母不在了,姐姐也嫁人了,爷爷奶奶还是不怎么和他说话,但是我想告诉他,我一直想着他。"

有个周末,赖家益跑回了家,买了很多东西,在爷爷奶奶家做了一顿很丰盛的饭菜。晚上,他把爸爸叫了过来,说:"爸,今晚别干活儿了,来爷爷奶奶家一块儿吃顿饭。"

终于,爷爷奶奶和爸爸坐到了一起,一家人围坐在餐桌前吃饭。但是全家人除了赖家益,没有人说一句话。"我特别难过,突然感觉自己有点儿委屈。"

作家梁晓声的《人世间》里有这样一段话:"如果最亲的人去世了,最初你不会那么痛,因为你缓不过来。反而最难过的是,在之后的时光里,会在某个不经意的瞬间,想起他时,看见他曾爱吃的美食,用过的被子,鼻子一酸,泪流满面。"

诗人大卫在《你我走过的日子——写给父亲》中有这样的描述:

不敢写到落日

特别是平原上的那种

我怕写着写着

就写到你滚动的喉结

每一片云朵

都是花的一次深呼吸

从流水开始,我们互为陌生

那个夏夜,你预感到什么就要熄灭

说要抱抱我

——就一下

你甚至从软床上艰难地坐起来

做出纳我入怀的姿势

因为莫名的恐惧

不敢靠近你,仿佛你是

我的敌人

最终没有抱到我

你绝望得更像一个敌人

◆ 赖家益爷爷奶奶家的大门

怕我一个人太冷
你把整个夏天留下
把你的女人留下,把绵羊留下
山羊也留下
此前,我们不曾有过交流
甚至刘大家那棵泡桐开出的一树繁花

也不在我们讨论之列

不曾有过争吵，红脸也没有

你不曾打过我，不曾

亲过我，你不懂什么叫

以吻加额

对我，你不曾有过细腻

亦未曾有过辽阔

以至于这些年来

除了把平原写尽

我还不能具体地写到某一个男人

…………

此刻，又是七月

一切皆虚妄

倘若面对面地坐着

浊酒一杯

我与你，当是最好的兄弟

昨夜雨水，有的渗入地下

有的流向远方

今天上午，走在北京街头

突然想起你，泪水盈睫

我几乎就要站不住了

有那么三秒

万物因我而摇晃

不管一滴泪还是整个世界
凡是热的,我都得忍住
你我皆为没人疼的孩子
和我相比,或许你更需要
一个父亲
一起走过的日子,只有七年
多年父子成兄弟
——我们不是多年父子
所以,不是兄弟

　　继母去世后,面对父亲,面对周遭一切,赖家益突然有了一种意识:以前,很多人都是他的星星,为他照亮前方的路;而如今,他要变成那颗星星,为自己照亮前方的路,也为父亲和更多人照亮前方的路……

◆ 赖家益爷爷奶奶家的外景

38. 第一次懂得人世间有一种活动叫"旅游"

长到现在,除了姐姐结婚时,陪姐姐去云南旅游拍摄婚纱照,赖家益第一次走出广西,对他而言,从合浦县来到玉林上大学已经算是他从小到大出的远门了。

每次假期,室友们提议去旅游,赖家益都因要忙兼职而没有成行。2019年11月中旬,学校举办运动会,一度因继母辞世而郁郁寡欢的他,终于被室友们说动了,准备和大家一起到湖南长沙旅游。

晚上,宿舍熄灯后,室友们躺在各自的床上,一起商量着去哪些景点,有人负责订票,有人负责查找攻略,大家一致被长沙的网红景点美食街吸引,"五兄弟"的长沙之旅就这样拉开了帷幕。

他们拉着行李刚刚上了火车,一股泡面的味道扑面而来,逼仄的过道一次只能容下一个人通行。看着车票上标明的座次,赖家益找到了自己的床位。他的位置在下铺,看着床铺上叠着的白色豆腐块儿一样的被子,他才真正意识到,自己的这一程长途旅行开始了。

这里是开放式的隔间,没有窗帘阻隔。他们买的是同一隔间的位置,临对面的两张床之间的距离不足一臂,躺在床上,只要一伸手,就能碰到对方。硬卧不比高铁,一路上晃晃荡荡,从开水房端泡面回到位置上总是小心翼翼的,生怕洒出来的开水溅到其他乘客身上。

14小时的车程虽然漫长且辛苦,但是赖家益心里却异常兴奋,这是他第一次和小伙伴们一起出来旅行,饿了,大家就泡泡面,困了,就呼呼大睡,真是优哉游哉的日子。"家益,帮我拍照!""我们一起合影吧!""这里好,快拍下来!"还没等到达目的地,他的相机里就多出了100多张照片。

在这个不足3平方米的颠簸的隔间里,似乎不分白天和黑夜,不用为考试发愁,也没有赶时间去赚钱的紧张,只需要和身边的这群人一起拍拍照,一起说说笑笑,盼着终点站的到达。

列车到达终点站,已是翌日的凌晨。赖家益几乎没有睡着,他伸了个懒腰,略带疲惫地叫醒了酣睡中的室友们,他们收拾好行李走下列车,11月的长沙有点儿微凉,他深吸了一口气,感受着"大城市"的味道。长沙车站很大,人很多,他们在拥挤的人群中穿梭着,仿佛来到了一个新的世界。

火车站往往代表着一个城市的面貌,赖家益拿出相机给同行的莫华谈,要他帮自己拍照。站在"长沙站"三个字前,留下和大城市的第一张合影。此时,他不会意识到,在未来,会有很多来自大城市的橄榄枝向他伸出。

他们租下了30元一晚的青年旅舍,稍作安顿,便开始规划接下来几天的行程。

有着"中国第一洲"美誉的橘子洲头是他们的第一站。橘子洲头坐落在岳麓山脚下,从上向下望去,它像是一艘乘风破浪的"巨轮"卧在波涛汹涌的湘江中。一行人沿着河道前行,眼见清澈的江水从西到东缓缓流过,山、水、洲、城融为一体,山和城倒映在水中,像极了一幅会流动的山水画。

"爷爷奶奶应该会喜欢的吧。"赖家益突然想到以前和爷爷奶奶上山采药时,他们总是左顾右盼看着什么,或许就是在期盼着看一看山村以外的风景吧。爷爷奶奶一辈子都没走出过那个偏僻的地方。

"等我以后赚了钱,一定要带他们出去好好玩玩!"赖家益一边走一边在心底盘算着。

"快看,快看——毛主席!好威武!"眼前的雕像由花岗岩雕刻而成。100年前毛主席在这里留下"问苍茫大地,谁主沉浮"的豪情。在橘子洲头,赖家益抬起头看着青年时期的伟人,脑海里突然闪现这样的自问:"自己如今不也正值风华年少吗?!"

赖家益快速地整理着衣服,然后肃穆地站在那里,此刻的他似乎在跨越百年与一位壮志昂扬的有为青年隔空对话。"感谢国家资助我读书至今,未来我一定会回到家乡教书,报答国家的培养。"他在心中默默许下心愿。

他们在雕像前合影留念,伴着落日的余晖,慢慢往回走。

夜幕低垂,他们乘坐109路公交车,只需一站便到了著名的黄兴路步行街,这是长沙最繁华的小吃一条街,炸的、捞的、煎的、炒的,各种小吃应有尽有。从前在学校小吃街看到很多次长沙臭豆腐,没舍得买一碗,今天终于有机会吃到正宗的长沙油炸臭豆腐了!

晚上9点钟,长沙依旧灯火通明,人们结束了一天的劳碌,来到小吃街约会、漫步,这是赖家益从前从未见到过的景象。看到街上络绎不绝的行人,赖家益不禁感叹道:"这就是大城市啊!"

20多年来,这是赖家益第一次真正感受到外面的世界。他下意识地放慢了脚步,用心感受着四面八方扑面而来的车辆嗡鸣声。沿途中的小朋友穿着漂漂亮亮的衣服,牵着爸爸妈妈的手,蹦蹦跳跳地走在路上,他的脑海里仿佛过电影般闪过童年的种种。"如果我也有爸爸妈妈在身边，如果我也……"可能是路途的劳累触发了内心最脆弱、最柔软的地方，不自觉中，星星泪花充斥着眼眶。

他猛地记起，自己在邻村的大田小学见习时，曾和学生许下"我一定会回来"的承诺。

几乎是一瞬间，赖家益开始意识到，如果自己回去了，是不是村里面就会少一个"像自己一样的孩子"。这些年村里年轻人越来越少，绝大多数父母忙着出去打工，留下老人含辛茹苦地照顾孩子们。大田小学全校的 27 个学生都是留守儿童，那些孩子渴望关注的眼神，赖家益永远难以忘怀。

"因为淋过雨，所以想给别人撑一把伞。"他开始期待着，未来与那些"和自己很像的孩子"的相遇。

39. 做得最正确的一件事，就是为爷爷奶奶拍婚纱照

赖家益的走红，在很多人眼里是个意外。

"我自己也没有想到，我只是做了自己一直想要做的一件事。"

2020 年，奶奶虚岁 83 岁，爷爷虚岁 88 岁，老两口结婚已经 60 多年。受到新冠肺炎疫情影响，赖家益在家中上网课，没有去学校读书。暑假的一天，他突发奇想，给自己的爷爷奶奶拍一组婚纱照。

他在老屋门口摆上支架，手机镜头调整好位置，给爷爷穿上自己的白衬衣，给奶奶把头发洗净梳好，又找来姐姐结婚时用过的新娘白头纱给奶奶戴上，用发卡固定在了奶奶的发丛中。

"看镜头，笑一个！"孙儿对爷爷奶奶说。

爷爷奶奶的婚礼

◆ 爷爷奶奶拍婚纱照前，奶奶像少女一样娇羞

奶奶害怕镜头，手不知该摆在何处，表情也不自然。赖家益见了，到屋里取了朵塑料仿真花，递给奶奶，又继续拍了一会儿，老人才放松下来。婚纱照里，"新娘"因这个插曲而有了一束手捧花。

"拍婚纱照的初衷是为了纪念。我从小被爷爷奶奶带大，眼见他们年纪大了，过去没有拍过什么照片，我希望将他们最美的样子拍下来，留作永久的纪念，不留遗憾。"

就是这样一个朴素的愿望，被这个男孩实现了。

赖家益常听爷爷念叨和奶奶的爱情故事。爷爷小的时候母亲一去世，爸爸就讨了继母，继母不愿意养育他，13岁那年，年少的爷爷拿着一床薄薄的棉被，被迫离开家门谋生。

爷爷到了当地一家生活富裕的人家去放牛，奶奶就是那户人家的女孩。

奶奶年轻时长相清秀，心肠好。爷爷倾慕她，在17岁的时候就向她求婚。他找村民凑了80元钱，买了一竹筒米、一件新衣服、一床新被子，就算置办好了新婚用品。奶奶的父母看到爷爷从小身体好，肯吃苦，人诚恳善良，没有不良嗜好，就答应把女儿嫁给了他。

奶奶16岁那年嫁给了爷爷，一晃快70年了。

在赖家益的眼里，爷爷生性浪漫，宠爱奶奶，奶奶喜欢吃甜食，他上街赶集回来，就会买一袋糖饼给她吃。那个年代的爱情很纯粹，他们一起干农活，也一起煮菜、做饭。生活很淳朴，很简单，却很恩爱。

"我爷爷奶奶很少吵架，一起外出的时候，爷爷总会紧紧牵着奶奶的手。"

拍照前，听闻孙儿的提议，老人们没听过什么是"婚纱照"。赖家益告诉爷爷，这组"婚纱照"就是两个人钻石婚到来之前，把两个人拍在照片里，穿得美美的、帅帅的，拍好了作为永恒的纪念。

爷爷听了很高兴，眼睛里全是光亮，说："年轻时候没有做过的事情，想去尝试一下。"奶奶则害羞得像个少女，脸上有了红润的颜色，在拍照的间隙爷爷还吻了奶奶，这是让赖家益始料未及的。

开始拍摄的时候，爷爷奶奶有点儿脸红、害羞，之后就慢慢地放开了，奶奶因为感动，眼里还噙着泪花。

"我能想到最浪漫的事，就是和你一起慢慢变老。"爷爷奶奶"不老"的爱情让赖家益很感动，也可能正是由于爷爷从小遭到继母虐待的经历，让他不能接受儿子的再婚。但关于这个话题，他没有问过爷爷，只听爷爷说起赶自己出门的后母后来得病去世了。

赖家益站在穿着婚纱和西服的爷爷奶奶后面，手里比画着"耶"，那一刻他的脸上阳光灿烂。让爷爷奶奶开心，便是他最大的幸福。

2020年3月14日，在白色情人节这天，赖家益在抖音账号上发布了"为爷爷奶奶拍婚纱照"的视频。2020年10月7日，在重阳节到来之前，他又陆续发布了为爷爷奶奶拍摄照片的视频。一系列视频发出后，受到全网关注，网友们无不为这个20多岁小伙子的孝心所打动。

中央电视台《新闻周刊》栏目组的记者马诣宸特意到他家进行采访。10月31日，《赖家益：迟到的婚照》在中央电视台播出，他的抖音粉丝列表里一夜之间挤进了30余万人。

网友们夸他长得好看。"长得有些像知名演员许光汉,还有点儿神似杨洋,笑容可掬,干净阳光,像个影星!"

同宿舍的室友刷到他点赞数量几十万的抖音,都笑着对他说:"家益,你真的火了,若是以后发达了,可别忘了我们哟!"

第六章

在勇敢接近梦想的路上，
收获自信的底气

　　想到和得到之间，还差一点，那就是做到。真正站在讲台上是自立的开始，带着年迈的爷爷奶奶看看村子以外的缤纷世界……理想的种子一旦在心里种下，便只有全力以赴。

　　讲台下孩子们热切且充满依赖的目光，以及家中满脸慈爱的爷爷奶奶，都是他的底气，也是他自信自立于人世间不竭的奋斗动力。

40.顺利通过校内选拔,将去南宁实习

2020年6月,寒假结束回到学校,班上许多同学都争先恐后地报名参加实习选拔赛,当时要选6个人去省会南宁的小学去实习。这个去省会最好的小学的机会摆在眼前,同学们跃跃欲试。

赖家益犹豫着,不知如何选择。

李霞老师找到他:"家益,南宁实习,为何不报名?"

"有点儿怕,没有经验。"

"不用怕,能够到南宁实习,对于自己今后的职业生涯发展很有帮助。说课的事儿,我帮助你。"李霞老师看出赖家益心里的不自

◆ 赖家益参加实习选拔

信，热情地鼓励他。

李霞老师告诉他，说课与备课有很大不同。备课面对的是学生，而说课的对象是具有一定教学研究水平的领导和同行。因此，说课不只解决教什么、怎样教的问题，还要说出"为什么这样教"的问题。

这次校内选拔，说课的时间不长，只有5分钟，因此更要突出重点，把讲课的脉络陈述清楚。

赖家益选的是部编本语文教材一年级开篇的《五十六个民族》。

"讲好这一课，第一步要引导孩子们观察画面，除了要看到画面上孩子们穿着各民族服装，画面上有天安门、国旗、鲜花等，还要引导孩子们观察天安门城楼，以及城楼两侧的两行字：全国人民大团结万岁！世界人民大团结万岁！孩子们上了小学一年级要开始学习汉字，因此要引导孩子们识汉字、读汉字、喜欢汉字。此外，在课上还要训练孩子们的造句能力。广西是壮族自治区，请班上的少数民族学生介绍一下自己的民族，引导孩子们对于少数民族的了解，把民族团结巧妙地融入课堂。《五十六个民族》是语文课，不能只是播放音乐和孩子一起唱唱跳跳，要让孩子学习掌握语文知识，时刻注意'语'和'文'在教学中的体现。"

在面试上，赖家益一口气说出了自己的教学理念，赢得了校内老师的交口称赞。"家益这个设计虽简单，但紧紧围绕着语文教学，围绕着'语'和'文'做文章，感觉挺不错！"

在自己的说课完成的时候，赖家益深深地给老师们鞠了一躬，说了这样一段话："谢谢各位老师，我很喜欢当老师，以后我会回到村里教孩子们读书，希望自己有机会能够到大城市学习先进的教学经验。"

赖家益说："鞠躬致谢的礼仪是徐文丽老师教给我的，我已经完全掌握了。"

让李霞老师高兴的是，赖家益通过了校内考核，被选派到南宁经济技术开发区第三小学（以下简称南宁经开三小）实习，赖家益心里乐开了花。他终于有机会走上自己梦想的讲台，和孩子们在一起了。

7月6日，赖家益发了一条在晚霞中拍摄的抖音："球赢了！晚霞也很好看，阿姨送了我们三碗粥，买饮料中了！面试南宁实习也顺利通过了。明天高考，你也会顺利！"

诗人汪国真曾言："没有比人更高的山，没有比脚更长的路。"顽强的毅力可以征服世界上任何一座高峰。一座山有它的高度，但总会有人攀上去；一条路有它的长度，但总会有人把它走完。

这一座座、一条条命运给予赖家益的高峰与险路，没有将他击垮，反而凝聚成一股坚韧不拔的力量，支撑着他走出一条精彩的人生路。他心里更明白，这一切才刚刚开始……

41. 第一次登上讲台，因为紧张而口吃

赖家益永远也不会忘记自己到南宁经开三小讲授的第一节课。2020年9月开学的新学期，那是他有生以来第一次真正登上讲台。

那一刻，对于他来说，是永远难忘的，也是非常紧张和忐忑的。

赖家益当时给孩子们讲的是部编本语文教材一年级的《天地人》。

《天地人》看似简单，实际上讲起来并不容易，因为一年级孩子的接受能力、理解能力有限，不能灌输太多知识。

在上课之前，赖家益认真地进行了备课，他写出了本课的教学目标及要求：一是带领孩子们认识汉字天、地、人、你、我、他，并用这6个字组词；二是讲解汉字的结构特点，从而激发孩子们学习汉字的兴趣。

"天"字为象形字。所谓的象形字就是由图画文字演化而来的，也是一种最古老的字体。课堂上，可以让学生说一说"天"这个字像什么。

甲骨文当中"天"字很像一个正面的人形，且头顶部分特别突出，其原意就表示人的头顶；而金文中的"天"字，则将"头顶"简化成了"横"。比人的头顶高的地方常常也被称作"天"，如天窗、天线、天桥、天台等，这实际上是引申义，进一步引申为比头顶更高的地方，如天空、天堂、天穹、天意，等。

"跟老师一起读词语、识字，天空的天，天气的天，天安门的天。"

…………

赖家益认真地做了一个页数很多的PPT，把自己讲课的每一步都写得清清楚楚，有些忐忑地发给副校长何春芳老师寻求指导。

何春芳参与过学校的创办，是南宁市的语文名师，一看到眼前这位来自农村的纯净明朗的男孩，就从心眼里萌生一种欣赏。

她把赖家益叫过来，和他认真地交流起来。"家益，作为语文老师，一定要谨记，上课是课堂上教师与学生间的双向活动，不是老师一个人在台上表演，学生在那里当观众。在上课的过程中一定要通过语文的方式来激发和调动孩子学习语文的兴趣。那什么是语文的方式呢？具体地说，就是以'听、说、读、写'4种方法为抓手，低年级的语文教学要抓字词，通过字、词、句、段来提升孩子们的语文能力。"

何老师的一段话像明灯一样点亮了赖家益的心。

何老师对他的"说课"提出了修改建议："把PPT删掉一半的内容，加强与孩子的互动交流。记住，不能简单地用PPT取代老师在课堂上的教学技能。"

赖家益豁然开朗，频频点头："好的，何副。"

"何副"是赖家益对何副校长的简称，听起来像"何父"，这次轮到何春芳哈哈大笑起来，"何副"的称呼也因此叫响了。

赖家益第一次站在讲台上的那天，特意穿上了自己最新的一身服装，前一天，他还找了个理发店，把自己的头发理得很利索。站在讲台上的那一刻，他觉得自己的心跳都加速了。

"同学们好！现在开始上课。"

"老师好！"同学们笔直地站了起来，稚嫩的脸庞上都是笑容。

让赖家益感觉无比惊讶的是，这里的学生，上课的时候秩序井然，一点儿都不吵闹。他们都安静地看向黑板，让回答问题的时候才回答问题，不让回答问题的时候，就静静地听课。

学生们训练有素，纪律有序，让赖家益一下子放轻松起来。如

◆ 赖家益和学生们互动

◆ 赖家益给同学们讲故事书

何调动学生的积极性，提高师生教与学的互动性，成了他在第一堂课上思考的问题。

因为紧张，赖家益在第一堂课上出现了几次口吃，让他惊讶又感觉温暖的是，学生们很懂事，没有人嘲笑他，没有人露出不屑的眼神。后面听课的何春芳老师，也投过来鼓励的目光。

"同学们，我们来做一个猜字谜的小游戏，好不好？"

"好！"学生们回答问题的声音响亮整齐。

"一加一不是二。谁知道？"

"你来！""是王字！"

"对，真棒！同学们给他鼓掌！"

"再来一个，一减一不是零。谁知道？"

这个稍微有点儿难，举手的学生不是很多，有个男生把手举得老高。

"你来！""是三字！"

"真棒，鼓掌！"进行两次猜字后，课堂气氛一下子活跃了起来。

"最后一个字谜。一人，猜一字。谁来？"学生们纷纷举手，眼神里都是光。

"你来！""是个字！"

"还有其他答案吗？"

"你来！""是大字！"

一个文字游戏把学生们的学习热情激发了起来。

"讲得不错，不是完全按提前制作的 PPT 推进，而是根据学情灵活推进，不仅提前设定的教学的意图达到了，还活跃了课堂氛围。

接下来带你和其他老师一起磨磨课,把教案写得更好,让教学设计更充分、巧妙一些。"下课之后,何副给赖家益来了一个现场点评,一番话语让赖家益受益匪浅。

从第一堂课开始,何副成了赖家益名正言顺的"师傅"。

在平时的教学中,她会经常带着赖家益去观摩一些现场教学比赛或说课大赛。同时,也会在平时带着他观摩如何批改学生的作业。虽然是学校的副校长,但何副一直没有离开教学一线,她说:"这是我的爱好,也是我的饭碗,我离不开课堂。"

何副还会告诉他一些技巧,比如如何处理学生与老师之间的关系、家长与老师之间的关系,在课堂上怎样运用情境教学让孩子更喜欢听课。"有时,你不用大声说话;表情严肃,沉默几秒钟,有时就是一种态度;或者走到调皮孩子的身边,用手指轻轻敲打一下课桌,孩子就会明白你的用意。上课,一定要营造一种良好的环境。"

何副的话是书本上学不到的,这些经验和理论赖家益都铭记于心。

一晃,秋天到了,学校的宿舍稍微有点儿凉。何副就把家里的钥匙交给了赖家益,"下了班,我还要处理学校的事儿,你可以早点儿回去休息,就住在家里得了,吃饭也方便"。

赖家益从小就会做饭,何副忙的时候,他就顺路到菜市场买点儿菜,提前煮好饭,把菜做好。何副回来时总会睁大眼睛,做出特别惊喜的样子,"也太美味了吧!谢谢家益!"

何副正在读初中的儿子阳光开朗,对赖家益很友好,对赖家益说:"我们可以住在一个房间。"

了解了赖家益的身世后，何副开始关心他的爷爷奶奶，到了冬天，她给爷爷奶奶每人买了一件棉衣寄送过去。"让老人穿得暖和一些。"除了寄送棉衣，何副还给奶奶寄送过去一瓶护手霜。

　　"何副不仅是我的恩师，更像是我的母亲。她怕我冷，还帮我买了棉衣。"在家里批改作业的时候，何副会拿出一个暖灯放在桌子下边，赖家益和何副，还有何副的儿子一起围坐在桌子前学习、工作。

　　赖家益说："何副有一次和我说，家益，你一定要自强自立，因为靠别人是不行的，只能靠自己去打拼。"

　　在学校实习期间，何副留给他的，经常是劳累奔波的身影，每天早早起床去学校，常常窗外华灯初上才回到家里，夜晚又在桌子前拿出作业批改。

　　"当老师要这样玩命吗？"

　　面对这个未来的年轻教师，何副说了这样一句话："我不是为生活所迫，而是工作本身就是我选择的生活。"

42. 爷爷奶奶家离南宁有将近 4 个小时的车程

　　赖家益在课堂上十分投入，也非常有亲和力。上课的时候，56个孩子都像快乐的小鸟，一起陪着赖老师在知识的天空里翱翔。到了课下，他又像大哥哥一样陪着孩子们在一起讲故事、做游戏，还常常在课堂上变出一大包棒棒糖，遇到回答问题流畅的学生就奖励一个。

　　孩子们也有调皮的时候，在课堂上没有举手就开始发言，这个时候，赖家益有一个小绝招，就是口令牌："同学们，小眼睛，看黑板！"9个字刚说完，教室里就立刻安静下来。

老师们办黑板报，赖家益抢着来帮忙，因为画画是他的特长，他从来不喊累，还会满面笑容。他还很擅长拍摄短视频，用电脑制作短片也很有水平。此外，用电脑制作表格和PPT课件，赖家益也是一把好手，老师们遇到困难，都喜欢叫他去帮忙。小学校园里，本来男老师就少，赖家益的到来让老师们感受到一种活力。

"你干脆别回村里教书了，就留在我们学校如何？"有一天，一位老师和他开玩笑说。

"我水平够吗？能留下吗？"赖家益有点儿不敢相信自己的耳朵。

"如果你来这儿工作，可以从应聘开始，然后慢慢再考编制。"还有老师为他支着儿。

赖家益喜欢这所学校的老师们之间的关系，老师之间都会互相帮忙，教研风气很浓厚，经常会一起"磨课"、研究教学。大家有话都会说在明面上，心情很轻松，没有一点儿压抑感。

"如果能留下，和他们做同事该多好！"赖家益的心动了一下。

一天晚上回到家，他问何副："您觉得我是不是该留下工作？"

"那需要看你自己的内心。家益，如果有一天你坐上校长的位置，你一定要分得清工作和生活。工作的时候，你一定要全身心投入，要有工作的态度，把孩子们放在心上。"何副语重心长地说道。

赖家益担心爷爷奶奶年纪大了，平时在家里会有个磕磕绊绊，他们的平安是他最挂心的事情。大二那年暑假，离开家回学校之前，他在家里安装了可视频通话的监控摄像头，在学校的时候，想爷爷

◆ 只要和爷爷奶奶在一起，赖家益脸上总有灿烂的笑容

奶奶了，就打开看看，陪爷爷奶奶聊聊天。

有一次，叔叔来看爷爷奶奶，他打开手机远程监控画面，和爷爷通了一个视频电话，他在视频里问："爷爷，这里的孩子们都很喜欢我，老师也对我很好，南宁好大，好干净，我要不要留南宁呀？"

爷爷在视频那头笑眯眯地看着他："益仔，你就在南宁很好，留在大城市发展挺好的，虽然一开始可能没有编制，但慢慢来，一定能解决，在大城市，你的舞台会更大。"

"爷爷，我安顿好了，想接您和奶奶一起过来住。"

"益仔，这可使不得，我们老了，终归要落叶归根，到了大城市，出去不会打车，电梯不会按，煤气炉不会用，我们别扭，也给你添麻烦。"

…………

赖家益有了一丝丝犹豫。

赖家益在微信里向李霞老师询问："实习结束后，我能不能留在南宁工作？这里的老师都对我很好，学生也喜欢我。"李霞老师的答复很坚决："家益，留下就是违约，这可是一个人讲不讲诚信的问题！"

李霞老师话不多，却敲打着他的心。

从红锦村到北海火车站有50多公里，约一个半小时的车程，再从北海火车站到南宁，坐动车要花费两个多小时，从南宁火车站到学校又需要30多分钟。不算转程等待的工夫，将近4个小时的车程拉开了他和爷爷奶奶之间的距离。爷爷奶奶就在那个小村庄养鸡、种菜、做饭、上山打柴，经历风吹雨打，享受着乡间的春华秋实，当然还有不为人知的孤独。

爷爷和奶奶是赖家益心灵的皈依，是他最看重的亲情，无论如何，刚刚毕业的他，还是要回到爷爷奶奶身边，回到山村孩子们的身边。

为了遵守和国家的约定，为了守护爷爷奶奶，赖家益还是决定回红锦村，回到自己的故乡，当一名乡村小学教师。

知道了他的想法后，何副非常支持。她说："家益，你会成为乡村的一束光，照亮许多孩子的未来。你信守了自己对国家的承诺，国家免费师范生政策需要你这样的乡村教师，国家会以你为荣，爷爷奶奶会以你为荣，乡村的孩子们也会以你为荣的。"

知道赖家益的决定后，何副给赖家益买了一套西装，这也是赖家益人生中的第一套西装，他非常珍爱。看着镜子里的自己，他惊觉自己真的已经长大了。"以后穿着它去领奖。"何副的话一半是玩笑，一半是期许。

那天晚上,何副破例做了几个肉菜,她在饭桌上给赖家益敬了一杯酒,说:"家益,你的身世很苦!希望你回去之后,不用那么辛苦,能对自己好一点儿。"

43. 分别时孩子们哭成泪人,再次冲上热搜

2021年年初,一段"南宁一实习老师离校,学生哭成泪人"的视频冲上热搜,引发网友关注。

视频中,班级的一群孩子抱着老师,挽留他,各个泪流满面,令人动容。这个视频中的主角,不是别人,正是实习结束后准备离开南宁回到家乡任教的赖家益。

赖家益和学生们道别的那天,他拎着一个大大的蛋糕来到了教室,书包里背着给学生们特意订购的铅笔、本子等学习用品。他知道,今天是一个离别的日子,他怕孩子们控制不住自己的情绪,在心里反复叮嘱自己:"你是老师,不能带头哭,一定要忍住!"

走进教室之前,赖家益轻抬下颌,甩甩头,把要溢出来的泪水又生生地抖了回去。

这一节课是赖家益和孩子们的"最后一课"。他无法忘记,每个孩子和他讲述的自己的"小秘密";他怎能忘记自己和孩子们在一起的课外拓展,那些制作成功所带来的惊喜;他不能忘记大课间时,他和孩子们一起跳大绳,孩子们一个一个地跑过去,像欢乐的小鸟;他又如何能忘记,孩子们信任和依赖他的眼神……

赖家益从来没有和孩子们发过脾气,一直用柔和而充满情感的

◆ 课间，赖家益和同学们欢快地玩耍

声音和眼神与孩子们交流。上课的时候，他总是能找到一些有效的方法，帮助孩子们克服难题。

在讲到汉语拼音"j、q、x"的时候，赖家益带了一根筷子来到课堂上。"读好这三个声母，同学们要做一个微笑的表情，嘴巴打开，刚好可以平着放一根筷子，然后舌头往下面压，但不能碰到我们的牙齿。"他一边把筷子比画到嘴边，一边发声示范。

他还把顺口溜引到课堂上，说："小ü小弟弟，他最懂道理，见到哥哥jqx，脱下帽子行个礼。"孩子们听得心领神会，很快就掌握了发音的方法。

副校长周媚给了赖家益很高的评价："他的身上有着天然的亲和

力,很会调动课堂氛围,善于把控教学的节奏。在他的课堂上,孩子们都很活泼自信,都能够很主动地配合他的教学,教学目标的预设能够比较顺利地实现。"

这里的老师,启蒙了他的教学,让他在短时间内掌握了教书育人这门手艺;这里的学生,见证了他走上讲台,真正成为一名光荣的人民教师。

蛋糕切分好了,每个同学分到一小块,礼物也送到了每个同学的桌子上。同学们开心地看着桌子上的蛋糕,每个人脸上都带着不同寻常的笑容。

赖家益稳定了一下情绪,看着每一张可爱的面庞,说了下面的一段话:"亲爱的同学们,你们的期末考试成绩出来了,每个人都很优秀,祝贺你们!老师今天要和大家说再见了!我的见习期结束了,明天就要离开南宁。老师感谢你们对我的帮助,和你们在一起的每一天都很

◆ 赖家益和同学们玩游戏

难忘，都很快乐，老师很舍不得离开你们！谢谢你们，让我成为一名真正的教师，谢谢你们给予老师的包容和帮助！"说完赖家益给学生们深深地鞠了一躬。

"老师的家在北海市合浦县红锦村，那里还有我的爷爷奶奶，老师把自己家的地址写在黑板上，欢迎你们有时间的时候，和爸爸妈妈一起到村子里来，到老师家来做客。"赖家益转过身，把自己家的地址一笔一画地写在黑板上。

他转过身的几分钟，教室里的孩子们却陷入了慌乱之中。"我们的赖老师要走了！""赖老师要离开我们了！"……

有女生轻轻地哭了起来，随即教室里哭声一片，有的孩子走下座位，直接扑在赖老师的身上，抱住他，不让他走。顿时，教室里失控了。路过的老师不知道发生了什么事，推开门过来一看，才发现，这里进行的是特殊的送别。

于是，老师们在无意间记录下了这珍贵的画面。几天后，这个视频在网络上被疯转起来，很多人看了都留言说："画面太感人了，赖老师加油！"

为了给赖家益送别，孩子们给他准备了很多糖果作为礼物。对于孩子们的礼物，赖家益心里特别感动："糖果对于孩子来说，是很珍贵的东西，他们把自己最好的东西送给我，我觉得好幸福！"

感受着孩子们的拥抱，看着孩子们的泪水，赖家益的心头涌上万般滋味："当老师真好，你的一点儿付出，对于孩子来说，都弥足珍贵。"

那一天，赖家益没有哭。

◆ 孩子们对赖家益十分不舍

"在教室里,我忍住了眼泪。作为老师,需要控制场面,安慰孩子。如果我也哭了,是无法控制住那个场面的,我强迫自己不哭出来。"在回北海的车上,赖家益一个人哭了很久。"我舍不得那里的孩子。"

直到回到家里,他依然难忘那一张张可爱的面孔,而那些令他难忘的学生也始终没有忘记他。

"赖老师,你走之前对我说,我只要考到接近满分,你就回学校,我在二年级下学期语文考到了99分,数学考到了97分,但是,你还是没有回学校。""还有28天就到我的生日了,我只有一个生日愿望,那就是你可以在学校给我们上一节课。""我每天都在搜索你的那些视频,好久都没有见到你了。""你回山村的时候,我们班整整哭了两节课。"

"我真的'破大防'了。"令赖家益意想不到的是,时隔一年半,依然可以收到南宁经开三小学生发来的微信。"他们居然还记得我!"对于一位教师而言,最大的幸福莫过于此。

人生,总是一边舍弃,一边得到。

在接受媒体采访时,对于自己回乡教书的原因,赖家益笑着说了这样一句话:"既能教书育人,又可以陪伴家人,真的是两全其美!"

44. "跑了北京旅游这一趟,这辈子值了"

实习结束,从南宁回到红锦村,赖家益最想回报的是爷爷奶奶。小时候,爷爷经常和他讲,自己最想去的地方是北京,"我想去天安门看一次升国旗,再去给毛主席鞠个躬。然后,还想坐一次飞机,体验一下飞机飞在空中是什么样子的"。

"小时候,我没有能力带爷爷奶奶去,只能把爷爷奶奶讲的话默默地记到本子上。"

如今毕业了,即将回到村小成为一名乡村教师,在此之前,他最想实现的第一愿望就是带着80多岁的爷爷奶奶去一趟北京。他们一天一天地老去,留给实现这个愿望的机会不多了。

"爷爷奶奶,这阵子,新冠肺炎疫情不是特别严重,我想带你们去一趟北京,赶在中国共产党成立一百周年前夕,带你们去看看祖国的首都!"赖家益把想法告诉爷爷奶奶。

"益仔,这得花多少钱呀,太破费了,还是别去了吧!"

爷爷嘴上这么说，第二天却跑到镇上，悄悄地买了一件雪白的T恤衫，言谈中都是笑意，仿佛自己中了大奖似的。

这一行除了爷爷奶奶，赖家益还叫上了姐姐、叔叔、婶婶、姑姑、小外甥，一共8口人，这是一大家人第一次集体外出游玩。

赖家益把去北京的时间定在7月10日，先是从合浦县坐车到南宁，然后从南宁买软卧票到北京。他开始列攻略清单，路上需要备齐的物品足足有一长串：爷爷奶奶的证件、走丢联系牌、藿香正气水、晕车药、风油精、降压药、葡萄糖水、速效救心丸、感冒药、充电风扇、折叠椅、保温杯、小枕头、雨伞、毛巾、牙刷、牙膏、拖鞋、老花镜、小国旗、帽子、口罩、外套……

爷爷在村里逢人就说，"我孙子要带我上首都去咧！"

坐火车，对于奶奶而言是一种奇妙的体验。80多岁高龄的奶奶第一次出远门，也是第一次坐火车。软卧包房是一个独立的小房间，爷爷和奶奶摸摸这儿，看看那儿，觉得特别新奇。"哟，这屋里还有电视机呀！""这屋里床铺雪白，被子好柔软啊！""我是享了孙宝的福喽！"

看到车窗外向后不断倒退的稻田、树木、大山，爷爷感慨特别多，"国家现在建设得太美了，外面的风光像画儿一样。我年轻的时候家里穷，都是在土里刨食、讨生活啊！真想再多活几十年，带着你奶奶好好游览一下祖国的大好河山！"爷爷把赖家益买的小红旗插在床头，说自己的这趟旅游是"爱国号"，旅行团的团长是赖家益老师。

到了北京，第一站是天安门。到达北京的当晚，赖家益就预约了第二天到天安门广场游览、参观。

◆ 赖家益帮助爷爷奶奶实现了到天安门广场的梦想

◆ 姑姑（左一）爷爷奶奶和家益

第六章 在勇敢接近梦想的路上，收获自信的底气天安门广场上，人头攒动，爷爷一直拉着奶奶往前走，赖家益大声喊他也听不到，完全沉浸其中。爷爷拿出准备好的小红旗，唱红歌，又对着毛主席像敬礼，激动地说："跑了北京这一趟，这辈子值了。"在毛主席纪念堂里，爷爷买了一束白色的菊花，将花庄重地敬献在毛主席的水晶棺前面。

从天安门东站坐地铁回住所，地铁里，乘客看到年迈的爷爷奶奶，马上站起来，把座位让给他们。"北京人真好，太热情了！"爷爷感激地说。

除了天安门，赖家益还带着爷爷奶奶去了王府井商业街、故宫、水立方，品尝了地道的老北京炸酱面、庆丰包子和北京烤鸭，爷爷奶奶一路情绪高涨，眼睛里都是满满的笑意。这是迄今为止，他们人生中唯一"最奢侈"的远游。

尽管当时爷爷已经89岁了，赖家益还是决定带着爷爷奶奶去看看长城。"可能一辈子只有这样一次机会，不能让他们留下遗憾。"

一行人陪着爷爷奶奶坐缆车上长城，又费力向上爬了一小段，到达了好汉坡，那里有毛主席的题词——"不到长城非好汉"！爷爷站在城墙上往外看，突然对赖家益说："大城市好，长城更好！""是的。"那一刻，人流拥挤，爷孙俩没有就此话题继续展开交流。

从北京回广西，赖家益选择陪爷爷奶奶坐飞机，爷爷奶奶年纪大了，他特意给两位老人买了头等舱的机票，也算圆了爷爷奶奶坐飞机的梦。

在回家的旅程里，赖家益没有告诉爷爷奶奶他对于未来的矛盾与纠结。大学三年级与室友去长沙旅游之后，他自己去了一趟上海，打卡了陆家嘴、南京路、东方明珠,品尝了灌汤包、鸭血汤和西餐。夜晚,当他站在电视塔顶时,看着黄浦江两岸繁华的夜景,内心受到了很强烈的冲击力。上海,是他渴望工作和生活的地方。这个城市充满历史感,光怪陆离,但又充斥着活力和能量,直播电商、课外培训机构都在野蛮生长,"感觉它一直在前进"。

在赖家益成为"网红"后,收到不少学校、机构的入职邀请,在这其中,就有上海的一家培训机构。

对于这个飞来的橄榄枝,他心动了,去上海和机构洽谈,对方给他开出1.4万元的底薪,提成另算,月薪最高达4万元,包括食宿。

然而,赖家益一直牢记着他与国家的约定。"我是定向生,国家培养了我,我应该先回去完成这个约定。"他直言了自己的想法。"赖老师,我们理解您的心情,您和教育局签订的培养协议规定的6万余元违约金,机构可以替您支付,这一点您不用担心。"机构的负责人这样说。

那次见面,赖家益没有马上做决定。

"非常大的诱惑。"那一刻,赖家益的心里像是有一部分被激活了,那是他此前不敢想象的生活——走出农村,走出原生家庭,到一个更辽阔的天地里去。

那次从上海回来,赖家益把他的纠结说给了大学室友听,室友们很羡慕他,"至少你还能有选择,我们和你一样也来自农村,却没有太多的选择"。

赖家益曾问过爷爷:"爷爷,我毕业了,去大上海工作,好不好？"

爷爷点头说："好。"

"您和奶奶和我一起去大城市生活好不好？"

爷爷坚决地摆摆手："益仔，你不用管我们，我们没几年了，不能成为你的累赘。"

在从北京回广西的航班上，看着身边酣然入睡的爷爷奶奶，赖家益久久不能入睡，想了很多。

从北京回到村里没过多久，8月21日那天是爷爷的生日，赖家益给爷爷买了一个大生日蛋糕，和全家人一起为他祝寿。

爷爷掰着手指头算着说："益仔，今年我虚岁89岁了，如能活到94岁，就能再陪你5年，就能看到你成家立业了。"

爷爷的话总能轻易突破赖家益的内心防线，他猛地想起曾经看到的一句话："爷爷掰着手指头算着说，今年我80岁。你一年回来一次，若我还能活10年，那我还能见你10次。"这个坚强的大男孩的泪水常常与爷爷奶奶相关。

蛋糕上的烛光点亮了院子里的夜，看着爷爷戴着自己准备的寿星帽，闭着眼睛，双手抱拳许愿，他也在心里默默发誓："爷爷奶奶，在没有人要我的时候，你们含辛茹苦把我养大，现在，就让我陪你们慢慢变老吧！"

"我们益仔可要做个好老师！"仿佛要天地人神共同见证一般，爷爷大声地喊出了自己内心的愿望，在场的所有亲人一齐向赖家益投去期冀的目光。

2022年春节，"乡村教师"赖家益登上了广西卫视跨年晚会，他演唱了一首原创歌曲《风华少年》，这首歌是由著名原创音乐人金灶沐作曲，青年词作者谌华作词，"时光慢慢走吧／让执手一生的人间烂漫／把一颗温暖少年的心／紧紧身边相伴……"温暖的歌词让很多人为之动容。

《风华少年》

作词：谌华

作曲：金灶沐

我为你系好了一个甲子的一盘扣

我为你披上了六十多年的头上巾

爷爷奶奶含辛茹苦

让我长成风华少年

我也将我的一切

实现你们未了的夙愿

我看你穿上白色婚纱

饱经沧桑的笑脸

我看你穿着白色衬衫

满眼爱意的瞬间

时光慢慢走吧

让执手一生的人间烂漫

把一颗温暖少年的心

紧紧身边相伴

第七章

"自己的学生自己宠"

　　小时候曾经淋过雨，长大了总想为别人撑伞。小时候弱不禁风，长大了总想成为别人遮风避雨的大树。

　　"国家政策助我上学学习，让我有了帮助别人的能力，我要信守承诺，回报国家。"

　　能够回报对自己有恩的人，是一个人内心诚恳和善良的投射。但回想成长的过程，那些帮助过自己的人，家益总感觉怎么报答也还不上恩情。爱出者爱返！家益不断地思考，他要找到一个自己能够一辈子努力回报的目标，把自己在淋雨时得到的爱，加倍回报给那些需要伞的孩子和家庭。"我要成为那些淋雨的孩子的伞，用来自社会的博大的爱，让每一个淋雨的孩子都能感受到小家庭的温暖，更能感受到社会大家庭的爱。"

45."要开学了,爷爷奶奶比我还开心"

"叫你爷爷给你剪一个干净的平头,再去学校报到,教好村里的小孩,做一个负责任的好老师。"白发苍苍的奶奶嘴里一边念叨着,一边拿着赖家益的新衣服在屋里走来走去。

明天是 2021 年 8 月 29 日,赖家益就要去红锦小学正式报到,成为一名真正的人民教师了。爷爷奶奶忙东忙西,激动地给赖家益准备东西,似乎比赖家益还要开心。

傍晚,89 岁的爷爷一手拿着剪刀,一手拿着梳子,"咔嚓儿……咔嚓儿……"剪掉赖家益并不算很长的头发,"干净利落,有个老师的样子!"爷爷说。奶奶则在旁边举着手电筒,给他们照亮。

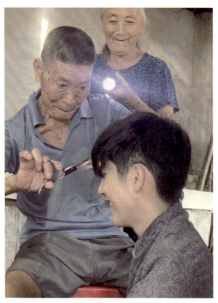

◆ 祖孙特有的"仪式感"

◆ 赖家益热情饱满地上课

这是属于爷孙三人特有的仪式，在爷爷奶奶眼中，从明天起，"人民教师"的光环就落在了自己的孙宝赖家益身上，他们更清楚的是，在光环背后，更是一份沉甸甸的责任。

那一夜，赖家益很激动，辗转反侧，难以入眠。

这一年来，发生了太多的事：他因为"给爷爷奶奶拍婚纱照""实习结束学生抱着痛哭"等新闻，受到了媒体和网友的关注，同时也得到了几次宝贵的邀约，尽管决定也很艰难，但赖家益最终还是选择回到自己出生的小村庄，走上三尺讲台，当一名真正的乡村教师。一想到这些，他心里总是百感交集。

不久前，一家传媒公司的老总特意派人到红锦村请他出山，为表达诚意，来的人拿着一大包厚重的现金，"这是200万元现金"，来的人这样说。此刻，他离成为一个"月入百万"网红的机会近在咫尺。

那是他有生以来第一次见到这么多钱，有那么一瞬间，他真想拿了这些钱出去闯世界，至少不用再为以后的生计发愁了。

他心里非常纠结，非常感恩，也非常复杂。最终，赖家益还是选择回到自己的母校，遵守他与国家之间的约定，守护在爷爷奶奶身边。相较于互联网时代的喧哗和繁荣，他选择了安心。

"这孩子也太傻了吧！"有些村民听说这事儿后，都十分不理解。

赖家益的这一决定，也被各大媒体争相报道，"'95'后小伙面对城市高薪不为所动""23岁小伙弃百万高薪回乡教书"。社会各界皆为他坚持梦想、拒绝诱惑的行为而赞叹，他也因此而收获了更多的关注和荣誉感。

但又有多少人知道,这种关注和荣誉感是他内心经历了怎样的挣扎才获得的呢?那段时光,赖家益常想起当初邀请他去上海、高薪聘请他入职的那家机构。

赖家益清晰地记得,他站在上海中心地带酒店的大平层俯望外滩时,窗外是流光溢彩的城市,那一刻,他离曾经向往的世界只有一步之隔。机构的负责人说,先不着急一上岗就去直播讲课,机构想先出钱安排他去俄罗斯的一所大学攻读一年的研究生,从那里回来之后再任教职。

那是他第三次来上海。他独自走在外滩上,看着高耸入云的东

◆ 阳光下的温暖大男孩

方明珠，来来往往穿着精致、气宇不凡的人从自己的身边而过……"如果有机会，以后一定要留在上海。"他在心里暗想。

同样可以做老师，丰厚的月薪、上海梦突然像一个大馅饼从天而降，刚好砸在他的头上！他一时陷入沉思的漩涡，难以抉择。

是继续遵守公费师范生的约定，毕业后回到村小任教，还是违约到上海做一名网红教师，赖家益心乱如麻，没有了头绪。

在上海停留期间，有一天上午，他和往常一样，习惯性地打开自己在家里安装好的监控画面，无意间，他看到奶奶突然脚下一滑，在厨房绊了一跤。"我的天啊！"赖家益惊呼，连忙打电话给姐姐，请她回去帮忙照看爷爷奶奶。

姑姑、叔叔和姐姐如今都有了各自的家庭，爸爸和爷爷奶奶一直不怎么说话，如果他也离开家而去那么远的地方，家中就只剩两位老人相依为命。奶奶患有脑梗，爷爷也快90岁了，就连小小的磕磕碰碰、感冒发烧对他们来说都是致命的，如果不能留在他们身边，不能陪伴和照顾他们，一旦有一天两位老人发生意外，那自己该有多么悔恨！赖家益不敢再多想。

为了他与国家的约定，为了曾经的努力，更为了自己的亲人，赖家益最终决定放弃高薪的工作机会，放弃曾经向往的上海梦。

那次离开上海的时候，赖家益对那家机构的老总深深鞠躬致谢，"感谢您对我的垂爱，我会带着这份感恩之心，当好一名乡村教师，并以此回报你们！"

走上讲台，那里是他梦想出发的原点，在红锦村，有很多和他童年一样"有伤"的孩子在等待着他，因此，他不能轻易放弃，也

◆ 赖家益大学期间到上海谈工作

不会放弃。

曾经如此，现在亦然。

还是早点儿休息吧！明天，赖家益将重回母校，以教师的身份重新开始，再艰苦的环境也算不了什么。夜晚黑漆漆的，但赖家益的心里装满了清晨的雨露和阳光。

那里的孩子需要他，而他也更需要那里的孩子。

46. 小海画的黑草帽

红锦小学是红锦村所辖16个屯唯一的小学，校园里有一栋三层的教学楼，还有一栋三层的教师楼。学校6个年级，共有学生97名，有包括赖家益在内的教师共9人。

这几年，村里绝大多数年轻人都在外谋生，一些在外发展得好的都到城里落脚了，还有一大部分人在外打散工，早出晚归，将孩子们留在家里给老人看管，或者没人照管。村子里几乎都是留守儿童。

赖家益经历过那种缺少父母在身边看护、陪伴的童年，他懂得那些孩子眼神中的自卑、敏感，以及内心缺乏的安全感。很多时候，这些心理状态映射在行动上，便会变成大人眼中的"叛逆""调皮"。也许，这些都是孩子们寻找"存在感"和"被需要"的一种方式。

尽管有这样的心理准备，课堂上，赖家益还是被孩子的"自由不羁"给惊呆了。

"有话快说，有屁快放！"一名学生在课堂上声嘶力竭地叫嚷着，这让刚到红锦小学任教的赖家益陷入了尴尬。

令赖家益始料未及的是，这些一年级的"小土豆"竟然没有一点儿组织纪律性。开学第一天，他在讲台上讲语文课，几个学生竟在座位上随意聊天，"讲他们自己的课"。

课堂上的情形，与大四时在南宁经开三小实习时秩序井然的课堂截然不同，巨大的反差让赖家益一度对自己的教学能力产生怀疑。面对讲台下一双双疏远而空洞的眼睛，赖家益几分郁闷，又有几分心痛。

"你叫什么名字啊？"下课了，赖家益走下讲台，用手轻轻拍了一下那个在上课时乱喊乱叫的小男孩。

"我叫张小海。"他一笑，又很快收敛起了自己的笑容。

从他和小海眼神交流的那一刻开始，赖家益就下定决心要真正走进这些学生的内心世界，用真诚与关爱打开孩子们紧闭的心扉。

"身坐直，手放平，眼睛看前方……"赖家益双臂交叉，做着示范，底下的学生齐刷刷地学着老师的样子，将双臂交叉，放平在课桌上，大声喊着"身坐直，手放平……"这是他们之间的暗号，用于稳定课堂秩序。

在南宁经开三小实习时，何春芳副校长曾经用过积分制的方法管理学生，这个方法被赖家益如法炮制了过来。根据学生平时在课堂和生活中的表现，实行积分管理，累计到一定的分数，就给一些奖励，以资鼓励。

"身体坐得笔直的同学，老师会给他加分的！""表扬张小海，加5分！"

◆ 开学前一天,赖家益为班里每位同学准备惊喜

家益宠学生

赖家益把积分榜贴到教室墙上，找到张小海的名字，给他加上5分。

表格里共有15人，除了14个学生，赖家益本人也位列其中。"如果赖老师有做得不好的地方，你们也要指出来，然后扣老师的分！"

他跟班里的学生有了约定，积分达到一定数额之后就可以找他兑换奖品。

孩子们每天争着抢着看积分榜上自己的排名，眼睛都亮了。积分奖励机制逐渐起到了作用，孩子们为了获得文具、水果和书包等赖家益自掏腰包购买的奖品而争相积极表现着。

"我今天上课没有大声说话，能不能获得积分？""我今天按时完成了作业，赖老师，您别忘记给我加分呀！"……

短短两三周时间，麻雀一样叽叽喳喳的一年级小学生已经被赖家益调教得秩序井然，跟他特别亲近。

在南宁经开三小，每次看到班上的学生上画画、舞蹈等兴趣课时，赖家益都会在旁边，边看边学。当时学到的拓染等特色课程都被赖家益"复制"到了现在的课堂上，学生对"玩儿"显出了浓烈的兴趣。

初秋的天空格外湛蓝，赖家益带学生们去稻田里画画。孩子们站成一排跟在赖家益的后面，从远处看去，十几个花花绿绿的身影在一片金黄色的稻田里移动，像是行走在日本动漫大师宫崎骏的动画片里一般，美好而静谧。

那天绘画课的主题是"画草帽"。学生们顶着秋日的暖阳，自由地在草帽上描绘着自己内心的世界和色彩。

◆ 家益教小同学画草帽

家益跟学生
在一起

在五彩斑斓的草帽中，张小海画的"黑草帽"显得格外耀眼。赖家益走到他的身边，轻轻地把他搂在怀里，问他为什么要把草帽画成黑色的？他指了指天空说："晚上的时候，爸爸妈妈不在家，一个人的夜很黑很黑，就像这顶草帽一样。"在那一刻，赖家益的心抽缩了一下，原谅了张小海平时的"调皮捣蛋"。

从那以后，赖家益有意地给予张小海一些"特别的"关注。

"小海，给老师帮个忙，把同学们的作业拿到办公室来。""早上吃饭没有？这里多了一个煮鸡蛋，帮老师吃掉吧！"

感觉被"委以重任"的张小海和赖家益亲近起来，常常把自己的心里话讲给赖家益听；他被赖家益提名当选为

班上的学习委员,成了老师的"左膀右臂"。

一天早上,例行来办公室送作业的张小海发现赖家益没有吃早饭,便急匆匆回教室端着自己的饭盒跑了过来。"赖老师,您要吃早餐,要不然就不能长高了。"说完,张小海用勺子把一碗饭从中间分开,"这一半是您的,那一半是我的。"

赖家益见状,心里忽然涌起一股热浪,可能这就是当老师的幸福感吧,无法言说。

有一次,赖家益问他:"你长大以后想做什么?"

张小海说:"想当警察。"

赖家益又问:"为什么想当警察?"

张小海说:"当警察可以保护人类,也可以保护老师。"

赖家益很好奇:"为什么想保护老师?"

张小海说:"我怕有人欺负老师,我不希望赖老师被欺负,我得保护您!"

张小海的两颊带着微微的红晕,一双明亮的眸子里,仿佛藏着一片汪洋大海。

从前,张小海只是沉浸在自己的生活里,和老人生活在一起,虽然简单,但也封闭和孤单。赖家益的出现,给了他一个窗口,使他可以窥到外面更广阔的天空。

47. 那个爱翻垃圾桶的小女孩

从讲台上望下去,第三排中间,那个个头小小的女孩叫黄美丽,她总是穿着一件粉色的外套。"这是赖老师买给我的。"她语气中充盈着自豪、开心与满足。

提到黄美丽,就不得不提到她的奶奶,一位能干而坚强的乡村女性。

黄美丽的奶奶78岁,但如果从她走路的背影看去,也就是五六十岁。每次家访,奶奶都能拉着赖家益寒暄一阵,说话时斩钉截铁,中气十足。

奶奶的脚步总是坚定而有力,仿佛即使天塌下来,也无法阻止她前进的步伐。但是岁月还是在她身上留下了操劳的痕迹,她肤色黝黑,干瘪的褶皱已爬满干练的脸庞。

黄美丽一家住的房子是奶奶一手盖起来的。那是个二层楼的水泥房,这样的房子在村子里很常见,房内没有粉刷、装饰,是一个毛坯房。约30平方米的客厅里,放着一个木制沙发,还停着一辆收农作物用的电动三轮车。

到红锦小学教书后,学校委派赖家益负责学校接受捐赠的相关事宜以及贫困户、脱贫户申请补助的相关工作,了解和走访贫困生是他日常工作的一个重要内容。后来,赖家益在广西精准扶贫的系统里,查到黄美丽的页面显示的是"事实无人抚养"。

黄美丽的爸爸妈妈都是智力残疾人员,不具备基本的工作能力。几年前,黄美丽两个堂哥的父母发生意外过世,再加上黄美丽的弟弟,一大家子7口人的生存重担便落在了78岁的奶奶身上。

黄美丽家的第二块红薯试验田中有一小部分是她奶奶负责的。除了番薯、木薯、稻谷、豆角,几乎所有这片土壤里可以种植的农作物，黄美丽奶奶都没有落下，虽然每个种类产量不多，但是累积起来的收成勉强可以维持一大家子的生计。

黄美丽和弟弟，以及两个在县城上初中的堂哥，都需要奶奶挣钱养活，除去生活成本，伙食费、课本学杂费都是一笔不小的开销。加上 2020 年以来的新冠肺炎疫情，种植的作物常常卖不出去。赖家益开始学习直播，助农卖农产品，很快帮奶奶卖出不少东西。在赖家益的鼓励下，奶奶养殖了 800 只鸡，直播卖出去后，当年的收入比之前任何一年都高，解了全家人的燃眉之急。

黄美丽在班级的 14 个孩子里算是很不起眼的——她面色泛黄，不爱说话，也不爱哭闹。她坐在第三排中间的位置，课间其他小朋友在教室里跑来跑去，她却一个人坐在座位上，拿着练习本做作业。如今她的语文成绩已经能考到 90 分以上，虽然在班里不算拔尖，但是和从前的成绩相比，已经进步了一大截，至少她开始将心思放在了学习上。

赖家益来红锦小学任教不久，便关注到了这个不起眼的小女孩。

一年级开学，不同于其他班级由老师指定座位，赖家益先让学生自己选择，然后他再根据高矮进行调整。教室里座椅按照三排四桌摆放，当时班里有 13 个孩子，其中有一个座位落单在了教室最后面的角落里。

"你怎么不坐靠前排一点儿？"眼见一个个头小小的女孩低着头走到最后一排落单的角落坐下，蜷缩在椅子上，一瞬间，他仿佛看到了自己过去的影子，心里不觉一阵难过。他想劝说黄美丽把座位挪到前面一点儿，却没有得到任何回应，小女孩眼神闪躲着，低着头，一动不动地坐在座位上，像坚守阵地的小战士。

下午放学时，赖家益见到来接美丽回家的爸爸，想要向他了解情况，却不承想刚一开口便碰了壁。由于智力障碍，黄美丽的爸爸无法表达出一句完整的话，只是站在那里憨憨地笑。赖家益试图通过唇语和表情理解黄美丽爸爸的话，但是，最后还是因无法正常沟通而结束。

第二天早读时，赖家益从教室的后门进来，轻轻地走到黄美丽座位旁，用柔和的声音问了她许多话，却始终得不到黄美丽的回应。"黄美丽，老师想抽时间去你家家访。"没有想到的是，他从这个女孩抗拒的眼神里看到了一丝敌意。

"可能在她的心里，老师找家长就是去告状的。"赖家益这样想着，无奈地回到办公室。他批改着收上来的作业，全班13名学生里只有刘雨琪、章惠寥几个人交了作业，他一边叹气，一边怀疑是不是自己的教学方法出现了问题，甚至开始对自己放弃大城市、执意回到村小教书的决定产生了质疑。

"老师，老师，你看黄美丽在翻垃圾！"赖家益正上着课，张小海离开座位，指着后排的角落，大声地冲着赖家益喊叫着，随后，班里学生的嘲笑声不断袭来。赖家益一边维持着秩序，一边走到教室后面，无奈地把垃圾桶挪到讲台旁边，继续在一片混乱中硬着头皮讲课，一节课下来，嗓子简直要冒烟了。

转天早上7点20分，赖家益匆忙地洗漱完，准备去学校，早餐也是在学校食堂吃。在这之前，奶奶早已煮好了鸡蛋，看到赖家益出门，便从厨房的椅子上站起来，步履蹒跚地走到大门口，把鸡蛋塞给他。每天皆是如此。

临出门，赖家益对奶奶说："阿婆，明天可不可以帮我多煮一个鸡蛋？我给一个学生带去。"奶奶笑着，点点头，示意叫他放心。亲人的关心总是疏于表达，都落实在了行动上。从那天以后，奶奶每天都会煮两三个鸡蛋给孙宝。

自打那天上课看到黄美丽翻垃圾桶，他便更加关注这个角落里的女孩，因为自己也曾经是那个坐在教室角落里的孩子。

赖家益发现黄美丽还是会翻垃圾，她总是趁着早上大家在校园里做卫生的时候，偷偷趴到垃圾桶旁边，扒拉着翻找其他同学扔掉的没吃完的面包和零食，每每看到这一幕，赖家益总很想呵斥她，却又担心伤害到这个可怜的孩子。

◆ 赖家益批改作业

赖家益也逐渐理解了，为什么这个孩子明明看起来很聪明，却不喜欢学习。"平时都吃不饱，又怎么可能把心思放在学习上呢？"于是，他决定每天把阿婆带的鸡蛋分给美丽一个，或许有东西吃了，她会把心思多放在学习上一点。

早上，赖家益背着黑色挎包走进校园，看到黄美丽一个人拿着扫帚在没有人的地方清扫树叶，轻声说道："美丽，一会儿到我办公室来一趟，赖老师要告诉你一个秘密。"

出乎意料，赖家益在办公室看到了黄美丽。"果然，周文静老师以前用的小秘密这招有效。"赖家益心里暗喜，自己终于迈出了成功的第一步。

"美丽，老师多带了两个鸡蛋，不能浪费了，你帮老师吃掉吧！"眼前的女孩抬起了头，望着赖家益，眼神中少了些许从前的戒备。"以后赖老师每天都带鸡蛋给你吃，你就不要再翻垃圾桶了，好不好？"

赖家益剥开一个鸡蛋，递给黄美丽时，听到轻轻的一声"谢谢老师"。来自小孩子真诚的感谢，让他的心刹那间变得暖暖的。

儿时的经历让赖家益明白，课堂教育对于一个乡村的孩子来说是远远不够的，家庭的教育观念与方式对孩子的一生起着举足轻重的作用。赖家益没有放弃对黄美丽进行家访的计划。

他想办法联系到了黄美丽的妈妈，当时她正在田里干活儿。黄美丽妈妈用的是老人机，她和黄美丽爸爸一样也有智力障碍，他和黄美丽妈妈艰难地沟通着，加上田地里信号不好，断断续续的，他没听清电话那头在说些什么。

48. 那个晚上，为黄美丽一家做了一顿晚餐

赖家益发现，隔壁班上二年级的一个学生和黄美丽家住得很近，便通过她的家长联系到了黄美丽的奶奶。在电话里，他向黄美丽奶奶了解到了美丽的基本家庭情况。

"她真的和我好像。"赖家益和奶奶聊得很投缘，也向黄美丽奶奶讲了自己的童年，并和奶奶说："黄美丽很聪明，好好学习，一定会有出息的，您一定要好好培养她。"

黄美丽奶奶和村里大多数的老人不同，虽然一生都在这个偏僻的山村，可是她深知学习的重要性。和其他抚养孩子长大的爷爷奶奶相比，黄美丽奶奶是对孩子学习最上心的。黄美丽在学习上有不懂的就会问奶奶，奶奶有解决不了的问题，就打电话给赖老师。

由于黄美丽奶奶要下地干活儿，赖家益便在电话里和奶奶约好星期六下午进行家访。

因为是第一次家访，赖家益格外重视。那天早上，他早早去了镇上的集市买了两斤猪肉，还有新鲜蔬菜。因为之前黄美丽奶奶在电话里说，他们家平时都只吃咸菜和白粥。当赖家益把带去的"礼物"递给奶奶时，全家人都很惊喜。

看到赖家益的到来，爸爸再次露出了憨憨的笑。智力障碍并没有削弱一个父亲爱女儿的心。黄美丽每天上下学都由爸爸接送，家里停着的那辆电动三轮车，风雨无阻地陪伴着父女俩走过长长的求学路。

有一次，黄美丽爸爸送她到赖家益家里补习功课，当天正赶上下大雨，赖家益站在家门口，看到黄美丽的爸爸把衣服脱下来给她

挡雨，自己则赤裸着上身站在外面被大雨浇打着。那一刻，黄美丽的爸爸像极了电影银幕里的英雄。

这一幕，赖家益始终难忘。或许在某一刻，赖家益也在黄美丽和爸爸的相处日常里，发现了自己内心对于父爱的渴望。

黄美丽的爸爸认出了眼前这位小伙子便是黄美丽常常提起的赖老师，便连忙去厨房拿了刚从地里摘下来的香蕉给他吃。赖家益赶紧坐下来，和黄美丽的奶奶详细地讲述着美丽在学校的情况，奶奶连忙感谢着赖家益对美丽的关心和帮助。

"现在家里有没有困难？"这是赖家益日后每次家访必问的一句。赖家益坐在木制沙发上，环顾四周，向奶奶询问着目前家里的情况。当他得知是奶奶一人肩负起全家所有人的生活重担时，眼前的这位 78 岁的老人在赖家益心目中的形象顿时高大起来。

他在心里暗下决心，日后一定要想办法帮帮他们。

黄美丽奶奶极力挽留赖家益在家里吃完晚饭再回去，盛情之下赖家益难以拒绝，便走进厨房，决定帮助奶奶下厨，为全家做一顿晚餐。做饭的时候，黄美丽像个小跟班一样，赖老师在哪里，她就跟到哪里，两个人在狭小的厨房里走来转去。赖家益热好油，将化好的猪肉下锅烹炒，黄美丽蹲在旁边，用好奇的小眼神望着锅里的肉。

趁赖家益去拿案板上切好的青椒时，黄美丽踩着厨房里的小板凳，用手去够锅里的肉吃，赖家益看到她小心可爱的样子，不自觉地嘴角上扬，笑了。

"真是只小馋猫！"发现自己的行迹"败露"，黄美丽冲着赖老师傻傻地笑了起来,那笑容,纯真而灿烂。

那一瞬间,赖家益仿佛感觉自己不仅是她的老师,也是她的家人。看到黄美丽在他的面前如此"调皮",他从心里感到开心,这意味着她终于开始信任他,把他当作"自己人"了。

赖家益做了两个肉菜、两个素菜、一大碗汤,黄美丽只有在过年的时候才见过这样丰盛的饭菜。坐在餐桌前的,有黄美丽,她的奶奶和她的爸爸妈妈,还有弟弟和两个堂哥,赖家益坐在一家人的中间。

吃饭时,黄美丽奶奶把两盘肉菜往赖老师那边挪动,黄美丽也不停地给自己的老师夹菜。

"美丽,你一定要好好学习,以后长大了,报答爷爷奶奶和爸爸妈妈。"赖家益一边和黄美丽说着,一边夹起一块肉放进黄美丽的碗里。

这一次,他得到了回应。

"好的,老师!"黄美丽瞪大她的眼睛,冲着老师灿烂地笑着。

那个晚上的饭菜格外香,餐桌上所有的美味菜肴被一扫而光。

"这菜是自己种的,都没打农药,你拿回去吃吧!"临走时,奶奶从厨房里拎出早已准备好的酸豆角和一包花生,不由分说地塞到了赖家益电动车的后备厢里。

起初,赖家益极力推脱、拒绝,毕竟黄美丽奶奶挣的都是辛苦钱,自己作为老师也不能收学生的东西。

最后,他被黄美丽奶奶的真诚打动,在不断的推让中,他注意到了奶奶的眼神,他突然意识到,对于他们来说,如果不收下这份

"心意"，会显得他有点儿看不起人。

对于地地道道的农民来说，这是他们最朴素的感谢方式。

接连一个月，赖家益每天早上都会带鸡蛋给黄美丽吃。

赖家益还帮黄美丽申请了国家贫困生资助金，此外，赖家益也在能力范围内给黄美丽提供过必要的资助。

赖家益的关怀和教导逐渐发挥了作用，黄美丽不再翻垃圾桶了，也不再总是低着头闷闷不乐，她有时会悄悄地和赖老师讲一讲自己的心里话和秘密，很信任老师。

现在，黄美丽已经学会做简单的饭菜了，奶奶农忙的时候，她会去帮奶奶放牛，拽着牛绳的样子俨然一个小大人。

一个初冬下雨的晚上，黄美丽妈妈突然发病，不受控制地在家里四处乱砸乱摔，黄美丽奶奶没有办法，就带着黄美丽爸爸、哥哥、弟弟，还有黄美丽一起跑到赖家益家里寻求帮助，赖家益安顿所有人在家里暂住了一夜。

第二天吃了早餐，赖家益才把这一家人送走，"千万要去医院给妈妈看一下病，开点儿药，别伤着孩子"。赖家益临走时叮嘱黄美丽奶奶。乡村教师总有忙不完的事情，当然，这些忙乱很多时候看似与学习无关。

49. 穿着粉色衣服来上课的赖老师

每天早上 8 点 10 分到 8 点半是红锦小学早读的时间，赖家益一般会利用这个时间，抽查学生前一天背诵课文的情况。

学生在教室里闭着眼睛，双手交叉，平放在桌子上，大声地诵读着。赖家益习惯在学生背诵课文的时候，在座位与座位之间的过道来回踱步。

教室很小，学生们坐得也相对集中。一眼望过去，谁在大声背诵，谁在对口型，一目了然。

"陈安，你怎么不读？"陈安是班里的学习委员。平时学习积极，关心集体，在男生中威望很高。但此刻他趴在课桌上，书包也没有打开，一动也不动地、呆呆地趴着，面部僵硬，眼睛里湿润润的，还时不时发出微弱的哽咽声。

章惠坐在陈安的旁边，她是班里的副班长，懂事的她已经是赖老师的得力小帮手。

章惠告诉赖老师，因为陈安今天穿了件粉红色衣服来上学，大家都笑话他"女里女气""太娘儿们了"，所以他委屈地哭了。

由于缺乏父母的陪伴，这里孩子的内心很敏感，也很脆弱，常常因为其他小朋友一些无心的话语而被中伤。上一秒还在开心地玩闹，下一秒就无征兆地哭了，是孩子们的常态。

早读结束，大家都去食堂吃早饭，赖家益让章惠带着陈安到他的办公室。学校一共有两栋教学楼，离校门口最近的那栋是学生上课的地方，后面那一栋楼是老师们的办公区和文娱教室。

三年级以下的年级都在一楼上课，章惠一边带着他走出教室，一边用她的小手轻轻地抚摸着陈安的后背，安慰他说："没事儿，没事儿，别哭了，别哭了！"

同样都是单亲家庭的两个孩子，此刻的章惠在受了委屈的陈安面前，像一个坚强的大姐姐。

赖家益坐在办公室里思考着该怎么处理这样棘手的问题，对于一个刚从教的班主任来说，这样的事着实有点儿令他挠头。

小的时候，赖家益被同学欺负，受了委屈，想找老师撑腰，往往得到的是冷漠的回应。那时，他的精神世界像蒙上了一层灰，现在，他不想再让自己的学生受到那样的委屈。

"陈安，你一定要好好上课，不用管别人说什么。"

见他依旧木木地站在原地没有反应，赖家益又补充道："你今天认真上课了，赖老师给你加10分。"

陈安依旧没有说话，只是点了点头。

如著名教育家陶行知所言："千教万教，教人求真。千学万学，学做真人。"教育的核心是教会学生如何做人，向学生传递正确的价值观。

尤其对于乡村小学的学生来说，老师是这些孩子接受先进教育思想的唯一窗口。

学生不仅要听老师说什么，更重要的是会关注着老师做什么、怎么做，老师的一言一行在学生的眼里都会被无限放大，学生会效仿老师。

这就要求老师知行合一、言传身教，用自己的行为向学生传达积极的价值思考和价值判断。

当天放学后，赖家益立马开车到镇上买了一双粉色的鞋子。他又向姐姐借了一件粉色的衣服。

转天，赖家益穿着一身粉装去了学校。

第一堂课就是赖家益的语文课,他一进教室,就引发了一阵尖叫声,孩子们没有想到,他们喜欢的赖老师居然"一身粉"!

这一节课,赖家益没有讲课本里的内容,而是给学生上了一节特别的"班会课"。

"爱父母、孝顺父母、尊敬长辈、团结同学的人都是男子汉。"他给学生们剖析着到底什么才是男子汉。

"那你们觉得赖老师算不算男子汉?"

话音未落,只见张小海腾地站起来,声音洪亮,吐字清晰地说:"您是!您不是,谁是?!"

"那赖老师也穿了粉色衣服,还算是男子汉吗?"

张小海突然低下头,撇着嘴,用余光看向陈安。

"算!"刘雨琪一边举手,一边站起来抢答。

◆ 课堂上孩子积极举手互动

"赖老师也喜欢粉红色,为什么你们不觉得赖老师穿的是女生的衣服呢?"

"因为您是老师。"张小咧着小嘴儿,站起来大声说。其他学生也跟着齐声附和:"老师和学生不一样。"

赖家益很惊讶于孩子们竟这样回答。

做村小老师最大的幸福是,当你征服了孩子们的心,他们就会把你当作神一样去崇拜和仰视。通过这段时间的磨合,在他们的心里,无论赖老师做什么都是对的。

"那么,陈安穿着粉色衣服,你们会觉得他不是男子汉吗?"赖家益继续问。

"不是。"大家异口同声地回答。

"陈安虽然穿着粉色衣服,但是并不影响他认真完成作业,他还热心地帮助老师、同学,回家帮爸爸做家务,他是真正的男子汉!还有,老师告诉你们一个秘密,那件衣服是妈妈送给他的,妈妈送的东西,我们都很珍惜,对不对?"

"接下来,谁来分享一下,妈妈都给自己送过什么礼物,好不好?"

"老师,我来……"教室里热闹起来,学生们都争着讲述自己和妈妈的故事,有的说着说着还哭了起来。

转天,陈安又穿着这件粉色的衣服来上学,再也没有人嘲笑他了。因为赖家益在课堂上当众夸陈安是男子汉,陈安成了"班宠",大家有时到操场上玩,也会叫上他。这件事之后,班里同学间也更加团结起来。

赖家益来到操场，看到陈安和其他孩子一样玩单杠，并且脸上有着灿烂的笑容。

陈安身上穿的粉色衣服，是他的妈妈离开家之前留下的，是陈安最喜欢的衣服。陈安的父母离了婚，养育陈安和弟弟的重担都落在了爸爸一个人身上。

因为红锦村地处偏僻，陈安爸爸种植的农作物很难卖出去，即使卖出去了，通常也会被超低价收购，到手的回报微薄。不得已之下，陈安爸爸只能一边种地，一边外出打散工，只为了能让两个儿子过上好一点儿的生活。

陈安爸爸在广西钦州市灵山县打散工，每天往返都要花掉两个多小时。农忙时，他跟着大批的雇工一起去割稻谷，要很多天才能回来。

50."回到村里，一边安心带娃，一边种红薯"

起初，陈安爸爸怕自己总在外面，陈安兄弟俩没人照顾，便托付自己的胞弟帮忙照看孩子，弟弟也有自己的家庭，陈安兄弟二人有时候要饿着肚子，等晚上九十点钟才能吃上点儿热乎的晚饭。

"您平时在外面都干啥工作？孩子还是需要父母陪伴的，我看陈安总是一个人回家，您看这样行不行，您回来种红薯，还能陪伴孩子。" 2022年开春的一天，赖家益特意来到陈安家，刚好看到陈安爸爸在家，他赶紧把自己心里想的和眼前这个朴实的汉子说了。

陈安爸爸虽然经常外出干活，但身上的衣服很干净，眼神里没有那种凄苦和飘移感,他朝赖家益笑了笑,说:"回来种红薯可以,但谁帮我卖呢?自己卖不上价。"

"陈安爸爸,我帮您卖红薯!我可以直播带货卖!到时候我可以把您的红薯先收购过来,卖不出去的话,算我的!"赖家益满脸真诚。

"那好,赖老师,我听你的。"陈安爸爸答应了赖家益的提议。

跟其他农作物相比,红薯的投入产出比相对较高,北海得天独厚的温带海洋性气候使得种植红薯周期较其他地区更短一些,同期产量也更高。

为了让陈安爸爸和村民把种红薯当成"一件大事",赖家益召集了十几户家庭生活条件困难的村民,号召他们一起种红薯,并在村里开创了红薯试验田。

第一块红薯试验田,是陈安爸爸种植的,也是目前所有实验田里最成功的。

陈安爸爸跟赖家益的配合度最高,红薯生长的每一点动态,他都会拍照发给赖家益,和他商量着采取哪些措施可以让红薯长得更好。

"我们的红薯不要打农药,这样才算'绿色食品',才能卖上价钱。"赖家益给村民们做思想工作。

因为格外用心,重视土地的翻新耕种,陈安爸爸种出来的红薯总是比别人的个头更大、口感更甜一些。"红薯秧长得太长,叶子变大的时候,要'翻秧',否则,红薯的营养都在叶子上,红薯长不大。"陈安爸爸经常和赖家益分享他种红薯的经验。

"深耕土地再种,也能有效防虫。"在坚持不打农药的前提下,陈安爸爸种出来的红薯也是长虫率最低的。

香港著名主持人陈滗菁探访家益的红薯地并留影

为了给陈安爸爸减轻负担,让他有更多时间陪伴两个孩子,赖家益没少给陈安兄弟两个提供物质上的帮助。

这一系列的举动,让陈安爸爸越来越信任赖家益,在自己忙的时候也放心地把孩子交给他。

红锦小学非毕业班的学生每天下午4点放学,学校要求教师们5点半下班回家。有一天赖家益离开办公室,走到校门口,看见陈安和弟弟还蹲在门口等爸爸,赖家益便把他俩送回家。往后的日子,陈安爸爸只要忙于农活没空接孩子,就会提前给赖家益发短信,赖家益结束了工作,便载着两个孩子,送他们回家。

每次两个孩子远远看见自己的老师,便背着书包飞一样地跑过去。他感觉自己仿佛是他们的哥哥,下了班接两个弟弟回家,一切

◆ 赖家益用实际行动感召留守儿童家长"回乡带娃,务农致富"

都是那么温馨。

陈安家里的房子是这个村子里为数不多经过简单装修且居住条件接近县城住房条件的。他们家的房子是陈安妈妈在离婚前攒钱盖起来的,后来陈安爸爸和妈妈离了婚,妈妈便离开了这里。

"赖老师,我想见妈妈!"这是陈安常常和赖家益说的话。一个小孩对于母爱的迫切需要,赖家益感同身受,每次看着陈安大大的眼睛里闪着泪花,他心头就会不觉一酸。这个时候,赖家益会把陈安搂在怀里。

有一次,赖家益鼓起勇气给陈安妈妈打了一个电话:"陈安和弟弟想您,需要您。有时间的话,您可以回来看看孩子吗?""哦,我很忙,再找时间吧!"陈安妈妈匆忙挂断电话。赖家益的几次劝说最终都无果。他知道,陈安妈妈和自己的妈妈一样,不会再回来了。

赖家益的这些学生们虽然年龄小,但心里其实什么都懂。

陈安妈妈刚离开村里时,陈安和爸爸一起去干农活,他总是偷偷拿着爸爸的手机给赖家益发语音:"赖老师,我今天和爸爸到地里来栽秧了,但是妈妈她没有来。妈妈是不是不要我们了?"

那段时间,陈安的成绩很不稳定,有时正常发挥,可以考到90分,有时突然就下滑到了50分。陈安因父母离婚而感到伤心的情绪都体现在了他的成绩上,这令赖家益十分心痛。

为了让陈安不像以前的自己那样,沉浸在没有妈妈的自卑里,赖家益想尽办法,让他在学习、生活里可以获得一些小成就感。

赖家益发现陈安对奥特曼很感兴趣,就自掏腰包给陈安买了3本奥特曼的书,并和他承诺:"只要你以后每天把作业完成,成绩考到90分，我就会给你买珍藏版的。"

慢慢地，赖家益开始给陈安额外安排一些课外习题，让他自主做练习。每次下课，他总是会第一个跑到讲台前，向赖老师请教问题。放学后，他一边等赖老师送他回家，一边在教室里写作业，遇到不会的问题，就会跑去向赖老师求解。

现在，陈安的成绩拔尖，几乎每次考试都能稳定在班里的前3名。到了二年级上学期期末，他的语文已经可以考到满分。

陈安爸爸不再去打散工，有了更多的时间陪伴两个孩子，陈安的性格也慢慢开朗起来。

"赖老师，你天天给我们上课不累吗？我的理想是长大了去当兵，过去，日本侵略者杀死了很多中国人，我长大了，要保卫我们的祖国。"

◆ 同学们早上在大扫除

这是二年级下学期，陈安写给赖家益的留言条。这是赖家益第一次在课堂上，让学生写留言条给自己。

赖家益看到陈安写的内容，又惊讶，又感到欣慰。欣慰于平时给孩子们灌输的爱国思想起到了作用，惊讶于这么小的孩子怎么会说出"长大了，要保卫我们的祖国"。他把陈安的留言条通过投影仪打在大屏幕上面。

这张留言条承载的不只是一个8岁孩子的梦想，也是赖家益这个24岁乡村教师的教学成果与希望。

51."你回来陪孩子，我来帮你卖货"

"赖老师，你看，我这里受伤了，好疼！"章惠撩开自己头发的前帘，给赖家益看自己额头上芝麻大小的小血印，其实只是她不小心抠破了蚊子叮的小包。

每一次，即使很轻微地擦破一点儿皮，章惠都会跑过去找赖家益，让老师看看她的伤口。

赖家益心里明白，其实，这是孩子内心缺乏关爱的一种表现。每当此时，赖家益都会轻拍下她的肩膀，讲一些安慰的话，工作不忙时就陪她聊一会儿天。

平时，章惠总是穿着同一件衣服，上面都是油渍和泥印。其他班级的学生碰上章惠会嘲讽她的穿着："啧啧，你们看看，和捡垃圾的一样。"有时候，高年级的孩子还会动手欺负她。

对于这些不开心，章惠都默默忍着，一双大眼睛里常挂着泪花，从来不会还手，也不会找老师告状。

章惠的相貌很出众，但是站在一群学生里，很难让人关注到她。因为自卑，她总是一个人默默地做自己的事情。别人欺负她，她也不敢说，怕老师不相信她。章惠也不愿和其他小朋友一起玩，怕别的小朋友嫌弃她。

章惠来自单亲家庭，爸爸常年在外打零工，经常一走就是十天半个月。章惠家一共有三个孩子，哥哥在石湾镇中学读初二，平时在校住宿，不需要太多照顾；章惠和她四年级的姐姐在红锦小学读书，与耄耋之年的奶奶一起生活。

赖家益第一次去章惠家家访的时候，被眼前所见的景象吓了一跳。

赖家益不敢相信，自己此刻所在的用麻布围起来的棚子是四口人赖以生存的家。房顶和四周的围布中间有个大大的缝隙，似乎一阵风吹来都可以让这个家瞬间坍塌，更遑论遇到暴雨天气。屋内的布置更是杂乱不堪。卧室和客厅用一块布隔开。在那块围布里面躺着一位瘦骨嶙峋的老人，蜡黄的脸色看上去明显营养不良，只见她艰难地从床上爬起来。可想而知，这样年迈的奶奶照顾章惠姐妹俩，该会有多吃力。

由于长期缺乏父母的陪伴，再加上家庭物质生活的匮乏，似乎总有一片乌云笼罩在章惠的头上，让她抬不起头来。

赖家益想帮帮她，因为赖家益深知，父母的爱是任何人都无法替代的。于是，他试图劝说章惠的爸爸从外面回来。

"章惠爸爸，你还是得回来照顾孩子，我看孩子挺孤单的，时间长了，孩子的心理会出问题的。"赖家益听到电话里传来一阵阵工厂机械轰隆隆运转的声音。

工厂嘈杂的环境让章惠爸爸无法听清赖家益说的话，只是依稀听到赖老师让他回乡干活儿带孩子。

"回来的话，就没有钱赚，既照顾不了老人，更照顾不了孩子啊！"章惠爸爸无奈地说。

"你回来养鸡或者搞种植，我来想办法帮你卖出去。"赖家益灵机一动，自己也不知道这个不成熟的想法是怎么脱口而出的，话音未落，就有一点儿后悔了。

那个时候，赖家益虽然已经在网络上小有名气，但当地农民对直播这些新时代互联网的产物根本不了解，即使有了解的，也始终有所顾虑。他们对于放弃打工去依靠网络卖货还是颇有顾虑的，在他们看来，这无异于孤注一掷，而对于赖家益个人而言，直播带货也是非常严峻的挑战。

2020年9月，赖家益获得了广西统战部颁发的统一战线助力脱贫攻坚直播带货"最佳达人奖"。那是他第一次接触农产品直播带货，他也是当时北海市第一个被广西统战部选定的助农带货的公益主播。那一次的带货体验让赖家益真正地开阔了视野，还受到了表彰，那是他平生第一次在那么隆重的场合里受表扬。

时隔一年，除了年初帮忙给大学学妹的妈妈直播卖了一次沃柑橘，赖家益在这期间几乎没怎么接触过直播带货，他自己也不确定到底能不能行。

但从小到大，只要是他认定了的事，无论多难，他硬着头皮也会坚持做下去。

"你回来陪孩子，我来帮你卖货。"这样的承诺，赖家益不知道在电话里和章惠爸爸说过多少遍，但章惠爸爸始终将信将疑。毕竟，直播带货这样的事，对于这个老实巴交的农民来说，是一件新鲜事儿，他还有点儿闹不明白。

起初，章惠爸爸一直以为赖家益是叫他回来继续种地。赖家益细心地和他解释什么是直播，什么是直播带货，农产品怎么卖，哪些人会买，等等。

只要一有空，赖家益就会打电话给章惠爸爸，想尽办法劝他回来。

有一次，赖家益和他说："如果直播带货行不通的话，我就主动承担章惠和姐姐上学的钱。到时候亏的钱，我也一并赔给你。"

当时，赖家益已经在网络上小有名气，村里都知道他们这个小

◆ 广西官方授予他广西统一战线助力脱贫攻坚直播带货"最佳达人奖"

地方居然出了个"名人"。在村里人看来,一定是有着"三头六臂"的人才能在这个偏僻的地方出人头地,于是都暗自议论着他肯定是有什么很硬的关系。

虽然是子虚乌有的传言,但是传到章惠爸爸的耳中,却让他觉得赖家益的话有了几分可信。

直到第四天电话接通的那一刻,章惠爸爸终于松了口:"行吧,我回来试试。"

当天,章惠爸爸便收拾好行李回来了,赖家益还给他"报销"了回程车费。

章惠爸爸回来后,赖家益陪他一起去考察,分析种植什么样的农作物更合适。他们考察了龙眼、荔枝、芋头、沃柑橘,但是,这些都因为种植周期较长而没有纳入考虑范围。后来,经过反复考察,赖家益发现石湾镇红锦村这一带的土壤里富含多种类的天然矿物质,如果养鸡的话,鸡的肉质会更加鲜美。而且鸡的养殖周期也相对较短,更适合章惠家现在的实际情况。

赖家益拜托叔叔帮忙查阅了相关资料,自己也继续在周围村子找养鸡专业户求教,虚心学习经验和技能。

最终,章惠爸爸确定了养鸡,一口气养了3000只。赖家益为了让他能安心养鸡,便和他说:"你放心,最后卖不出去的,我都买走。"

每次赖家益下班回家,都会特意绕路去几个孩子家兜一圈,看看家里有没有人照顾他们。

夕阳落山不久,西方的天空还燃烧着一片橘红色的晚霞,这是赖家益每天最安宁的时刻，他骑着电动自行车，温柔的清风吹拂而过，看着天边的红霞，享受着片刻的岁月静好。

从远处望去，在一览无余的鸡群中间，有一个小小的影子正跟在一个高大背影的身后。

"咕咕咕……咕咕咕……"章惠学着爸爸的样子，用着比她的小脸还要大一倍的勺子，从桶里一点儿一点儿地舀自制的鸡食撒给鸡吃。不一会儿，小小的脸蛋上就挂着豆子般的汗滴。

有的鸡跳到了她手里提的桶上，她还学着大人的模样，挥着小手儿，嘴上念念有词地把它们赶下去。

看见赖老师的到来，章惠转过身来莞尔一笑，这笑容在夕阳余晖的映射下，美得让人心醉。

在此之前，赖家益很少见到章惠笑过。然而那一天，他看到她和爸爸有说有笑，脸上时不时挂着甜美的笑容。因为爸爸的陪伴，章惠变得开朗了起来，这一刻，赖家益觉得所有的压力与辛苦都是值得的。

在接受媒体采访时，赖家益都会反复提及这个场景。那个美好的画面历久弥新。

从养殖到卖出，需要半年的时间。在这期间章惠爸爸的顾虑从未打消过，毕竟这个新鲜的销售渠道他从未接触过，总怕被眼前这个"上过大学的文化人"给骗了。

为了证明自己可以卖得出去，2021年3月，赖家益先拿了章惠爸爸养的500只鸡去卖，听说直播之前要把所有的鸡都收拾干净并打包，章惠爸爸慌了："这可不成！如果卖不出去，也没地方存，鸡都坏了,怎么办?!"

"没事儿,章惠爸爸,不用怕!卖不出去算我的。"赖家益为了打消他的顾虑,按照他能接受的底价提前把"卖鸡款"支付给他。

红锦村全村的妇女和阿婆几乎都被动员起来了,集中屠宰500只鸡可不是一件容易的事儿,宰杀、开水烫、拔毛、洗净、封装,整个村子像过年一样热闹。村民们也在观望,不知道眼前这个清秀瘦弱的"赖老师"有多么大的神通,能把这么多的鸡卖出去?

"赖老师,买的人都在哪儿呢?""我们没有见到收鸡的人过来呀!""卖不出去,鸡会坏的,谁家有这么大个的冰箱啊!"……妇女们一边干活儿,一边忧心忡忡地议论着,她们没有见过这样的"卖货"方式。

爷爷奶奶和姐姐也在家里烧了几锅开水,跟着一起杀鸡。姐姐是赖家益的直播"助理",从小就宠爱弟弟的她,在赖家益最需要的时候,总会义无反顾地站出来。

"弟弟,卖鸡这事儿,只能成功,不能失败啊!因为一旦失败,以后在村民那里,咱可就失去信用了,谁还听咱的?"姐姐说,"咱可输不起啊!"

"姐,你放心,没问题!"刚开始直播带货,赖家益心里也没有谱,很是忐忑不安,但还是显得十分镇静和自信。

上午9点,直播准时开始了。

章惠爸爸站在赖家益的边上,目不转睛地看着这场和自己命运有关的直播。赖家益在手机前卖力介绍着土鸡,什么品种,如何养殖,鸡平时在何处活动,自己为何鼓励农民回乡养鸡。中午后,就在镜头前让网友看他吃土鸡的样子。

"这种鸡肉的颜色是暗红色的,因为是走地鸡,平时就在山坡上跑,奶奶就用清水煮,好香啊!"他直播的时候,爷爷奶奶就在旁边走来走去,有时不小心就入镜了。

500只鸡全部卖出去了!几位村民帮着在村口等着的快递员迅速打好包。傍晚时分,快递货车把500只鸡拉走,这些鸡将会很快"飞"到每一个下单的网友手中。

赖家益累倒在奔袭而来的夜色里,像是终于打赢了一场战役。

"我能行,我终于成功了!"当初,师范毕业后选择回乡教书,赖家益就是希望可以通过自己的努力,服务这所普通的乡村学校,改善孩子们的学习和生活环境,给家乡的孩子们一个快乐美好的童年。

那一刻,他心里最感激的就是那些热心的网友,他们的支持帮他实现了直播带货背后的"乡村振兴"梦!这些网友是他的朋友,更是他的亲人!

"直播卖鸡"持续了两周,进行了5次。

直到最终把章惠爸爸的3000只鸡全部卖出,赖家益才如释重负地松了一口气。陪着

学生家长养鸡这半年像是打了一场脱贫攻坚战，他一刻都不敢松懈，生怕中间出什么岔子。看着手机里累计的订单数据，赖家益笑得合不拢嘴了。

章惠爸爸从此可以安心地留在家里养鸡、种地，陪伴孩子。

52. 和章惠的特别的约定

有了章惠爸爸的成功范例，赖家益继续劝说其他在外打工的家长回来，并依旧以"你回来带孩子，我来帮你卖货"的名义，呼唤家长回来陪伴孩子。不到一年，已经有7位家长回乡务农。这意味着，有7户孩子从此不再是留守儿童。

从前，章惠是因为自卑而不敢说话，现在的她性格开朗了不少，爱说爱笑了，也开始喜欢和班里的同学交朋友，午休写完作业，也会和小朋友一样在教室里追逐玩耍了。

因为乡村教师的工资较低，单凭工资很难资助自己的学生。有时，赖家益也会偶尔在网络平台上接一些合作邀约，进行直播带货，赚取一些佣金。虽然会很辛苦，但是，能通过自己的努力，尽可能地改善学生的生活，这是他最大的欣慰。因为自己曾经受过淋雨的苦，所以，从教后的赖家益的骨子里，就想成为这些孩子的一把伞，或撑伞的人。

古人云："行善之人，如春园之草，不见其长，但日有所增。"

教育的魅力是老师和学生的双向治愈和相互抵达。赖家益在接受媒体采访时曾说过："大家只看到我为孩子们做了很多，但其实他们也在治愈我,他们教会我的东西也远多于我对他们的付出。"

儿时心底的伤口如今也在这些和他很像的孩子们身上得到了愈合。

章惠现在经常穿的那件斐乐牌的红色衬衫,是赖家益买给她的。

赖家益刚来学校任教时,看见章惠总是穿得很破旧,便主动买了几件新衣服送给她,没有想到却遭到了章惠的拒绝。

"老师,我不要,我有衣服。"说完,她就一扭头,从赖家益的办公室跑开了。

于是赖家益另辟蹊径,和章惠有了一个特别的约定。赖家益说只要她考试考到前三名,就奖励她新衣服穿。赖家益从一年级当她班主任以来,她的学习成绩一直很好,知道她一定可以拿到前三名。"出此下策"是赖家益为了不让章惠认为老师给她礼物是因为同情或者是怜悯她,于是,赖家益就换了一种方式,这样的方式果然奏效。

后来,章惠几乎每天都会穿着赖家益送给她的漂亮衣服来上学,神情中多了些自豪和自信,因为她心里想,这都是靠自己的努力而获得的。

赖家益经常会用一个纸盒来收集学生的"愿望",每次章惠的纸条总是写得满满的,但是几乎没有一个字是跟自己相关的。在她的愿望里,总是以自己的爸爸、姐姐、哥哥和奶奶为核心。

"我希望我姐姐也可以有一个书包。"章惠说。

看到纸条里章惠的愿望后,赖家益之后每一次送礼物给章惠时,都会习惯性地准备两份,一份给她,一份给她上四年级的姐姐。

53. 成绩不是教育好坏的唯一标准

"刘雨琪 98 分，陈安 97 分，张惠 95 分……"

"黄诚同学，卷子拿回去订正一下，不懂的内容再来问我。"赖家益习惯性地在公布随堂测试成绩时，不念黄诚的成绩。因为她有轻微智力问题，读书识字对她来说存在很大的障碍，几乎每次考试都只能考二三十分。

黄诚有两个弟弟和两个哥哥，家里人并没有在她身上花很多精力；她的智力障碍有家族遗传的因素，不只是她，家里其他孩子也存在同样的问题。

到了小学二年级，赖家益班级的语文平均成绩已经可以达到 90 分以上，黄诚的成绩显然拖了班级的后腿。很多老师劝赖家益带黄诚去开具智力残疾证明，这样就可以不用在系统里录入黄诚的成绩，班级的整体平均分也能提升得很高。

赖家益不愿这样做。

"不管她考试成绩如何，她都是我的学生，我不想她从小就因为这一纸证明而在别人面前抬不起头来。"赖家益坚持不放弃黄诚，尽自己最大的努力，一点儿一点儿地教她认字、算数，尽管她可能 3 秒钟后就会忘了，又要从头教起。

一年级刚开学时，赖家益第一次看到这个姑娘，瞪着大大的眼睛，扎着个马尾辫，笑呵呵地坐在座位上。课堂上，经常可以看到她踊跃地举手回答问题，老师的每一句话她都会有所回应。

赖家益当时还觉得黄诚会是成绩很好的学生，丝毫看不出她有智力上的问题。

可是等到第一次随堂成绩出来,她只得了20分,与平时表现完全不符的考试成绩令赖家益很诧异。

后来赖家益在辅导过程中发现,每次教给她的课文或者算式,她都会很流利地跟读出来,但一旦提起笔,她就什么都不会了,以至于到二年级她还无法顺畅地写出10以内的阿拉伯数字。

赖家益尝试了很多方法教黄诚。从"1+1=2"开始,反反复复。但是每一次刚刚教完,让她写在纸上,下一秒再问"1+1等于几"时,她大大的眼睛里满是迷茫,这让赖家益极度受挫。

老天为你关上一扇门,或许就会在别的地方为你打开一扇窗。

虽然黄诚的成绩很差,但是她很会做人,在为人处世方面有着远超这个年龄的成熟懂事。

黄诚有时下了课,还会跑过去主动给赖家益捶背,没有谁教过她做这些事。她小小的手落在后背上,却有着大人都没有的力量。

班里地上有垃圾,她也会主动捡起来扔进垃圾桶。

"老师说了,不能乱扔垃圾。"这是黄诚总挂在嘴上的口头禅。

"赖老师,我去把垃圾倒了,你就给我加1分,好不好?"

黄诚的体贴和懂事,赖家益看在眼里,满是心疼。

农村里的孩子受条件限制,大都没有机会接触到课本以外的书籍,赖家益经常带一些绘本到学校,放在教室最后面长桌做成的小图书角,供学生课间或课后阅读。

有一天,黄诚下课后从座位上跑到教室后面拿了一本《海的女儿》,跑到讲台前,把书打开到第一页,"赖老师,你可以读这个给我听吗？"

那一刻，赖家益的整颗心都要化了，他看着这个眼神里充满着求知欲的小姑娘，满是心疼与无奈。她明明是那么好学，那么开朗，为什么偏偏有这样的先天性智力问题呢？唉！

赖家益朗读时用余光看着黄诚，她听得是那么投入，读到一些情节时，她还会咧嘴大笑。黄诚的投入，让赖家益读得更加带劲儿。

每周末，孩子到赖家益家的阅读活动，她也从来没有缺席过。

每次，黄诚看到赖家益的奶奶在厨房里扫地干活，都会主动把扫帚拿过来帮奶奶扫地，赖家益看着黄诚拿着比她还要高出大半截的扫帚来回走动，总会感到有一点儿酸楚。

现在，赖家益不再逼她去认字学习了，哪怕她成绩不好，都没有关系，他只希望这个孩子可以健康成长，一如既往地做一个好人，如此，他便心满意足了。

54."老师，我也想像你一样"

有一天，在语文课上，赖家益正在讲课文《夜色》，这是著名作家柯岩写的一首诗，用第一人称写的，"我"从前胆子很小，很怕黑，后来爸爸晚上带"我"出去散步，"我"发现夜晚也像白天一样美好，便不再怕黑了。

因为有过孤独的童年，赖家益一直很喜欢这首诗歌。

他首先把生字写在黑板上，然后舒缓地诵读了这首《夜色》：

我从前胆子很小很小，
天一黑就不敢往外瞧。
妈妈把勇敢的故事讲了又讲，
可我一看窗外心就乱跳……

爸爸晚上偏要拉我去散步，
原来花草都像白天一样微笑。
从此再黑再黑的夜晚，
我也能看见小鸟怎样在月光下睡觉……

"同学们，请把课文朗诵一遍，注意一下，朗读不是用力喊叫，要去想象那个画面，带上你的情感读出来。"赖家益在课上总是会对孩子们的朗诵进行一些指导。

刘雨琪突然站起来，问："老师，为什么书里总是写很多城市的东西，为什么我们家的大公鸡也很漂亮，却没有被写进书里面？"

小孩子的"十万个为什么"，是她在用稚趣的、本真的眼睛来认知这个世界。但是，这个问题把赖老师难住了，赖家益一时有点儿语塞，不知该如何回答。

"雨琪，以后你可以把你家的大公鸡写到自己的文章里，这篇《夜色》里描写的可能就是乡村的夜晚。请大家默读一遍。"赖家益以这样的回答"搪塞"了过去。

刘雨琪是在北海市里读的幼儿园，后来跟着爸爸回到红锦村小学读书，她的眼界比同龄的孩子明显开阔得多，像个小大人一样，时不时冒出几句惊人之语。

那几天晚上,赖家益总也睡不着,始终在思考该如何回答刘雨琪的问题。

最终,赖家益将这个问题的源头归结于孩子们课外阅读的极度匮乏。

红锦村地处偏僻,相比于城市里长大的孩子,"无书可读"是制约他们认知外部世界的"瓶颈"。和他小时候一样,孩子们对世界的认知仅限于语文课本里的范围,这极大地限制了他们对未知世界的想象。

城里的孩子从小就能享受到阅读的快乐,他希望山村的孩子也能享受到。

于是,建立"家庭图书馆"就成为赖家益想要实现的目标。

赖家益一直住在爷爷奶奶家,因为年久失修,爷爷的土坯房一度曾倾斜漏雨。从大学时赖家益有收入开始,他就断断续续地重修家里的房子,原来的那间漏风又漏雨的土坯房已经在赖家益的改造下焕然一新。

"家人闲坐,灯火可亲"是赖家益乡村生活理想的一部分,家永远是他的港湾。

赖家益的家在红锦村显得有些鹤立鸡群,特别醒目。走在土坡上远远望去,在两侧的水泥房中,鹤然矗立着一座白墙灰瓦的建筑,让人恍惚间仿佛置身于唯美的烟雨江南。

站在赖家益的家里,三侧平房呈回字形,在中间围出一个小院子,院子的中间铺着整齐的石板路,阳光打在两侧修剪整齐的草坪

◆ 家中的餐桌，也是孩子们学习的课桌

上，给静谧的小院增添了几分家的温馨。院子里的所有摆设都极具现代化的格调，置放在院子里的洗漱台上方，有一个圆形的大镜子。站在镜子前，身后的厨房映射在镜子里，配上厨房门前过人高的散尾葵，有一种静雅的格调。

赖家益觉得自己的家里必须给孩子们留出一个读书、自习的空间。

有一次在直播的过程中，他无意间聊到自己"想建一个家庭图书馆"的设想，没有想到，这个想法竟然得到了很多网友的支持，很多适合孩子阅读的图书从四面八方向他"飞"来。网络的能量以及爱心抵达的速度是惊人的，赖家益感谢网络打开了这片小小读书天地，让他的许多"想法"能够落地，成为现实。

赖家益把网友们捐赠的图书收集起来，订购了书架，还特意定制了一张大桌子，他又在厨房一边辟出一个空间，建立起一个像模像样的"家庭图书馆"。

"啊，老师，您家的图书馆真好啊！"当刘雨琪和班上其他学生第一次走进这间特别的"图书馆"时，不禁睁大了眼睛。《格林童话》《安徒生童话》《稻草人》《小王子》……一本本图书让孩子们心花怒放。于是，下午放学之后，赖家益的家里总会飞来一群叽叽喳喳的"小麻雀"，他们就是赖家益班上的学生，孩子们在这里读书、写作业，通过阅读，感受着世界更丰富的一面。

无形之中，赖家益的家也因此成了孩子们的第二课堂，有一种家的温馨。

很多时候，赖家益下午下班之后，会直奔镇上的市场买菜，回家后一边做饭,一边等着孩子们的到来。不光是自己班上的学生,十里八村的孩子听说赖家益家里有个能免费看书的地方,也时常跑来一饱眼福。

周六周日是赖家益家里最热闹的时候,早上家长们出去干农活之前,会把孩子送到赖家益家里学习、看书,他的家里常常传出琅琅读书声。

赖家益常跟孩子们说:"你们要好好读书学习,有了知识,才能增长智慧,长大之后,用学来的本领建设自己的家乡,让自己的家乡变得更美好。"他告诉孩子们:"你们知道吗,其实我们农村也很好,也可以被写进教科书里,农村的一些好的风光总有一天会被大家看到。你们就是未来要指给大家看我们大美山村的那一群人。"

赖家益一直对理想的乡村学校有一种憧憬:上课教教书,下班种种菜,学生无忧无虑地学习、玩耍,同事、乡邻之间关系和

◆ 学生写给赖家益的信

睦……那该多好啊!他喜欢陶行知的教育理念,生活即教育,教育即生活。让孩子们到家里来读书是他理想乡村学校的某种实现和延展。

夏日傍晚时分,整座房子沐浴在晚霞的红润中。此刻,赖家益在灶台前炒菜,爷爷奶奶则搬着板凳坐在一旁,陪伴着他。房间的另一边,孩子们趴在长条桌上叽叽喳喳地讨论着作业题。

在这不足20平方米的组合空间里,有人间烟火,有琅琅读书声,还有爷爷奶奶那满满的慈祥、欣羡的目光,那一刻,仿佛人世间他所有热爱的事物都汇聚在了一起。

赖家益是如此享受他的乡村教师的生活。"我在这里很有价值感,因为孩子们需要我,我也需要孩子们,需要乡村的治愈感。"他说。

刘雨琪拿着作业本,跑向正在炒菜的赖家益,抱着他的大腿,一双明亮的大眼睛可怜巴巴地望着他说:"赖老师,这个问题可不可以再给我讲一下?"语气中带着点儿撒娇的可爱。

这一年来,他的内心无数次为这些小家伙们而柔软。在这些幸福的画面里,赖家益真正感受到了自我价值的充分实现。他意识到,"为别人活着"或许真的比"为自己活着"更加快乐。

每周末只要孩子们来,赖家益和姐姐都免不了要做一大桌子的菜。十多个孩子围坐在一起,看着桌上香气扑鼻的鸡肉、鱼肉,期待万分。在以前,只有过年才能吃到这么多好吃的,平时在学校里也吃得很简单。

一年前,在学校里第一眼见到这些孩子们的时候,一个个清瘦的面孔让赖家益看得心疼。

他常说的一句话是:"自己的学生,自己宠。"所以只要孩子们来他家里,赶上饭点儿,爷爷奶奶都会让孩子们一起吃饭。2022年春节,赖家益还给班上的每一个学生买了一件羽绒服,家长们看着孩子们穿着崭新的衣服回到家里,都激动得不知说什么好。

除了是一名人民教师,赖家益还是在网络社交平台有着几百万粉丝的主播。有这样一个随处都带着相机的主播老师,孩子们对镜头早已习以为常。起初,他们还会好奇地去动一下镜头,时不时对着这个大家伙耍几个鬼脸。现在的他们甚至会抢着出现在镜头前。

2022年10月31日,在红锦小学,孩子们团团围着前去采访的我们。于是,有了下面几句简短的对话。

问:"你们喜欢来赖老师家吗?"

孩子们:"喜欢!"

问:"为什么呀?"

孩子们:"因为有好吃的。""因为赖老师家有图书,他会讲好多有趣的故事给我们听。""赖老师能随口回答我们提出的问题。"……

孩子们争相出现在镜头面前,一个个特写的镜头展现着他们天真烂漫的笑容。

"姐姐,我也想拍。"在经过了笔者同意后,刘雨琪接过照相机,把挂绳套在脖子上,拿起相机将镜头聚焦,然后按下快门。看到刘雨琪在拍照片,其他孩子也争相跑过来,一个个排着队争当摄影师。

在整理照片时,笔者发现孩子们拍的照片,有的构图之完美、抓拍表情之生动,完全让人看不出竟然出自七八岁孩子之手。

◆ 赖家益获得2022年第六届"全国119消防先进个人"

"你长大以后想做什么呀？"

"我要像赖老师一样，当老师又当网红。"刘雨琪的回答再次让旁边的赖家益心头一颤，他质疑自己做"网红"究竟好不好，自己都在怀疑的事情，他不敢轻易地灌输给学生。

这一年来变化的不只是孩子们，赖家益也在教育孩子的过程中快速地自我成长着。

刘雨琪的"职业定位"问题让赖家益开始重新审视、梳理自己的定位。自己除了是一名老师以外，还是家乡的带货达人。"网红"并不是贬义词，也可以借助它传递自己的职业挚爱，让更多的人从自己的视频中感受到温度。

看到很多人将他的故事写进高考作文，看到很多人留言说他的视频让他们燃起了对未来的希望，赖家益逐渐从自我质疑和压力中感受到了这件事情的价值。

再三思索后，赖家益告诉刘雨琪和其他学生："你们想成为网红没有错，想成为老师加网红也没有错。但是，一定要成为一个有正义感的老师，一定要成为一个传播正能量的网红，能帮助他人，能让自己有价值感，能让在自己帮助到他人的同时提升自己。"

光说不够，对孩子的教育必须身体力行。

周末帮村民带货时，赖家益偶尔也会邀请孩子们来参观，久而久之，孩子们就明白了赖老师是在帮助农民伯伯们卖红薯、卖花生，而且这个过程很卖力、很辛苦。

同时，他也为家乡做消防宣传，科普消防知识，还配合合浦县图书馆、合浦县汉代文化博物馆拍摄家乡的宣传片。任何对社会、对国家、对家乡有意义的事情，只要方便，他都会想尽办法带着班上的孩子一起去长见识。

"啊，好大！"赖家益带着孩子们走进合浦县图书馆，孩子们从没去过这么大而明亮的地方，一个个环顾着四周，这里的每一处都吸引着他们强烈的好奇心。当有摄像机对着赖家益，赖家益讲出准备好的宣传词时，孩子们都惊讶地望着自己的老师，眼睛里放着光彩。

合浦县图书馆有一个区域是亲子阅读区，他们也会好奇地跑过去，拉着赖家益当他们的"家长"，给他们读那里的书。

透过赖家益，孩子们第一次感受到了家和学校之外世界的精彩，也比其他孩子对老师的影响力有更深的理解，他们甚至会说："以后我也要像赖老师那样，为农民、为家乡做好事。"

刘雨琪的机灵劲儿在一众孩子里总能脱颖而出，赖家益平时外出宣传活动，也最爱带着这个小机灵鬼。

在图书馆看到同龄人读亲子绘本故事，她回家就跟爸爸妈妈说她也想读，叫爸爸妈妈买一些绘本，她每天都带着这些绘本去学校读。

她身上散发着乡村孩子罕见的自信，时常会当起小老师，绘声绘色地给同学们讲绘本上的故事，时不时地做一些夸张的表情，引得其他孩子非常入迷。在讲狐狸的故事时，念到"蹑手蹑脚地"一句时，她会模仿着狐狸做动作，手脚并抬，再轻蔑地转一下眼珠子——"讲故事"被她演绎成单人舞台剧的即视感。

"我的天！我都不敢相信，她才多大，就这么有天赋！"赖家益惊叹道。

在刘雨琪的带动下,越来越多的孩子喜欢上了阅读。在赖家益家,孩子们争着拿自己手里的绘本,要赖老师讲故事给他们听。

在绘画课上,其他小朋友都在画花花草草、蓝天白云,只有刘雨琪在画布上画了一盏灯,"赖老师,这是铜凤灯"。铜凤灯是在合浦县出土的汉代墓葬錾刻纹青铜器的代表作,是无与伦比的中华文物瑰宝,那是赖家益带她去参加博物馆宣传活动时看到的。

她画的铜凤灯各式各样,有颜色各异的古老玻璃。与其他小朋友的画作一起展示的时候,她的画显得尤为突出、耀眼。

有一次,刘雨琪悄悄告诉赖家益,说她梦想着成为一名警察,因为在不久前她的父母离了婚,她想长大后当警察,把妈妈找回来,她很想念妈妈。

那个时刻,这位说想念妈妈的小女孩,和举着98分的试卷骄傲地拍照的她判若两人,这种反差不得不让人动容、黯然神伤。

55. 慧眼独具,小小主持人的诞生

来红锦小学教书的第一天,课间休息时,赖家益站在教室里踱步,只见一个像"百灵鸟"一样的女孩,她落落大方,和同学叽叽喳喳地说个不停,当时赖家益就觉得这个孩子以后肯定有做主持人的天分。

这个小女孩是余珊珊,她的家庭条件相对优越一些,家里还有一个哥哥。余珊珊的成绩在班里算是中等,身材小巧,很有艺术天赋。赖家益平时除了辅导她课后作业以外,还花了很多时间观察她

的爱好和特长，循循善诱地去培养她。

孩子是大人的"影子"，也许是受大人的影响，余珊珊有一个坏习惯，在课堂上，她经常说骂人的话。"一个看上去很乖的女孩，居然能当众讲出那样'过分'的话，真让人惊讶！"赖家益下决心纠正她爱骂人的习惯。

学会朗诵，学会当众表达，就会让孩子变得更有荣誉感。为此，赖家益专门成立了一个主持人小队，挖掘她身上小主持人的潜能。赖家益认为在荣誉感的驱使下，孩子就会变得非常优雅。

"赖老师想办一个小型晚会，成立一个主持人小队，从中再选几个人做主持人，大家可以来报名。主持人要很有天赋，要讲究语言技巧，要讲一些经过大脑思考过的话。"他为这个主持人小队想了一个有说服力的由头。

"我要！""我也要！"……刘雨琪一起头，很多同学都跟着积极地举手报名。

让赖家益没想到的是，余珊珊脸上居然没有任何兴奋的表情，也没有举手。这时，赖家益笑着补充了一句："余珊珊同学今天课文读得最好，我们选余珊珊同学做主持人小队的'队长'好不好？"

开始，余珊珊还是显得兴趣不大，也没有意识到这是一件很有意义的事情。

当天晚上，赖家益去找了余珊珊的妈妈，做思想动员工作，还把一个小主持人的视频通过微信给余珊珊妈妈发了过去，嘱咐妈妈晚上放给她看。

视频中，身着漂亮衣服、戴着红领巾的小女孩深情地说："今天是六一国际儿童节,我们所有少先队员满怀喜悦,尽情放歌……"余珊珊被视频吸引住了,看着看着便来了兴趣。

第二天一早,余珊珊来到学校,径直来到赖老师办公室,迫不及待地说:"赖老师,我也要报名主持人小队!"赖老师点头答应了。

在赖家益的建议下,余珊珊的父母经常会给她找些古诗或者主持词来练习,只要一有空,余珊珊就表演给赖家益看。平时,他会单独给余珊珊开小灶,一点一点地教她如何主持。只要是他会的,他都会倾囊相授,课堂上,赖家益也会给余珊珊提供朗读的机会。

一年级下学期的语文课有篇课文《四个太阳》,当天,赖家益做了细致的教学设计。他首先在黑板上写下"夏、秋、冬、春"四个字,这是这篇课文叙述的时间顺序。"请同学们拿出笔,标注一下数字,看这篇课文有几个段落。"

赖家益接下来进行了范读:

"我画了个绿绿的太阳,挂在夏天的天空。高山、田野、街道、校园,到处一片清凉。

我画了个金黄的太阳,送给秋天。果园里,果子熟了。金黄的落叶忙着邀请小伙伴,请他们尝尝水果的香甜。

我画了个红红的太阳,送给冬天。阳光温暖着小朋友冻僵的手和脸。

春天,春天的太阳该画什么颜色呢?哦,画个彩色的,因为春天是个多彩的季节。"

"课文共四个自然段,按照夏天、秋天、冬天和春天的顺序叙述,每个自然段写了一个季节。同学们注意,这四个段落结构相似,都是先写画什么颜色的太阳,再写在阳光的照耀下,这个季节呈现的美好。"赖家益解读着。

接着,他对学生们的朗读给出建议:"请同学们一定要注意,文中长句子较多,朗读时,要关注长句子的适当停顿,例如,高山、田野、街道、校园,到处／一片清凉。同学们可以借助停顿符号进行标注,读好停顿。例如,我画了个／绿绿的太阳,挂在／夏天的天空。金黄的落叶／忙着邀请小伙伴,请他们尝尝／水果的香甜。阳光／温暖着小朋友／冻僵的手和脸。"

赖家益平时指导余珊珊朗读时,总是告诉她,要在理解句子的基础上,读好句子所表达的情感,所谓"以情带声"。这节课上,他说道:"'我画了个金黄的太阳,送给秋天。'朗读时,可以强调'金黄''送给'两个词,读出自豪的语气。'金黄的落叶忙着邀请小伙伴,请他们尝尝水果的香甜。'读这句时,可以强调'忙着''邀请',读出热情的语气。'春天,春天的太阳该画什么颜色呢?'这句话中,出现了两个'春天',读第二个'春天'时要注意加强语气。"

…………

"下面,请余珊珊为大家朗读课文。"赖家益直接点名由余珊珊朗读。

余珊珊落落大方地站了起来,把这篇课文读得声情并茂,孩子们用很钦佩的眼神看着她。

到了二年级,余珊珊已经可以独立主持班里的小型晚会、故事会了,只要将话筒递给她,她立马就能站得笔直,脸上带着微笑,一段主持词脱口而出。

"敬爱的老师,亲爱的同学们,大家下午好!一个故事能震撼我们的心灵,一本好书可以影响我们的一生,一个美丽的童话可以让我们展开想象的翅膀……"

看着余珊珊在台前声情并茂地演绎,赖家益仿佛理解了当年周文静老师在台下看着自己时,目光里的那份期盼。

薪火相传,大抵如此。

课余活动时,赖家益发现余珊珊的身体协调性很好,而且十分柔软,吊在一米高的单杠上,180度翻转轻而易举。她有时还会拿着爸爸妈妈的手机,跟着短视频学习舞蹈,跳给大家看。

有一些舞蹈功底的赖家益觉得余珊珊很有舞蹈天赋。

当他和余珊珊的妈妈聊起,希望可以送她去县城里学舞蹈时,却遭到了对方的拒绝。对于村里的父母来说,女孩子只要学习好,上完国家规定的九年义务教育就可以回家了,学再多都是徒劳。他们对艺术没有概念,认为只是破费,毫无意义。

赖家益很无奈,他深知艺术的熏陶对于一个孩子成长的意义,自己当年也是得益于周老师的发掘,通过唱歌和主持找到了自信,才从一个闭塞的问题学生长成了现在的"阳光大男孩"。

于是他开始自己教余珊珊。赖家益大学的专业是小学教育,在学校开设的舞蹈课上,赖家益学会了一些舞蹈基本功,后来又特意学习过舞蹈。虽然他并不专业,但是劈叉可以做到位,舞蹈动作也能一板一眼地做到位。

每天午休时间,很多学生都能看到余珊珊把腿搭到教室后面的桌子上,一边和同学说笑,一边压着腿。时间久了,其他孩子也都纷纷效仿。赖家益便一起教他们。

现在，赖家益班里的学生，几乎人人都会下腰、劈叉、翻跟头。

在红锦小学采访时，孩子们都争着在笔者面前大显身手，一个个争相展示着自己的才艺。他们还会互相帮忙，一人下腰时，另一人则在旁边用小手撑着保护他，这样团结友爱的氛围，很难让人想象是发生在这样偏僻的山村学校。

受限于教育资源的匮乏，这里的孩子除了语文、数学、英语，几乎没有机会接触到美术、舞蹈、音乐等。

赖家益希望通过他的努力，在孩子的心里播撒下一个个兴趣的种子，等有一天他们有机会走出这个山村时，这些种子终会在一片新的土壤里生根发芽。

56. 最好的一次教育

2020 年 4 月 7 日，赖家益拍摄记录了村里一对姐弟的生活状态，发布在个人抖音账号上，引无数网友深度共情。

赖家益知道女孩的弟弟平时从不说话，被村里人当成"哑巴"，就和其姐对话："你想不想上学？"

女孩说："想。"

赖家益问："为什么想上学？"

女孩说："因为学校有饭吃。"

那时赖家益还在玉林师范学院读大四，因为新冠肺炎疫情原因回到家里上网课。

视频中"不会说话"的弟弟叫刘嘉,和赖家益对话的女孩是他的姐姐,当时她正在石湾中学读初一。

刘嘉家的屋顶半露着天空,潮湿的墙体也裂着缝隙,最大的裂缝用破布和稻草堵着。姐弟两人共用一条单薄的被子,因为太久没有清洗,被子上散发着刺鼻的霉味。

"你们盖着这被子,晚上冷不冷?"赖家益望向头顶半露的屋檐。

女孩摇摇头,小声说:"不冷。"

赖家益在抖音文案中这样写道:"寒门姐弟衣被薄,伶仃孤苦需自强。"刚开始赖家益发抖音只是为了记录生活,而现在他希望他的视频能让更多人看到,让更多人关注到这些尚未被上天眷顾的孩子们。

第一次听说刘嘉是从爷爷奶奶的口中得知的。刘嘉的爸爸存在智力问题,妈妈因车祸而撒手人寰。

2020年上半年,因为新冠肺炎疫情,赖家益有几个月的时间只能待在家里,一边上网课,一边陪伴爷爷奶奶。一有空,他就会提着东西去刘嘉家看看姐弟俩。知道刘嘉的姐姐喜欢洋娃娃,便在镇上买回来一个漂亮的娃娃带给她。

后来,接触得次数多了,赖家益才知道刘嘉并不是"哑巴",而是因为几乎很少和人交流,所以不懂得如何开口。虽然,他那时已经上了二年级,但是用普通话和人交流对他来说依然十分困难。

赖家益来得次数多了,慢慢让刘嘉有了亲切感。有时他会试探性地凑到赖家益身边,想要开口,却也说不出一句完整的话,只是站在他旁边傻傻地笑。

赖家益在网上发出的关于这对姐弟的视频，引来很多网友的关注。有一位粉丝朋友自发地为姐弟俩买了一些图书、玩偶，直接寄送给赖家益转交。还有一位爱心人士通过私信联系到赖家益，想要给两个孩子长期的资助。

"这是你买的吗？""是我的一个网友送给你们的。"这是姐姐第一次主动向赖家益发问。姐姐看着桌子上网友送来的玩偶，反复拿在手里把玩着，还时不时把玩偶举起来贴着脸颊。

那天晚上，赖家益准备回家时，刘嘉蹦蹦跳跳地跑出来送他，脸上露出略带羞涩的笑容。虽然依旧没说一个字，但那笑容已抵千

◆ 赖家益生动的课堂

言万语。

时隔一个半月，赖家益在自己的抖音平台上再次更新姐弟俩的故事。他在文案中写道："看到你俩越来越开朗，我就好开心，一切不被理解都值得，这应该是我最与众不同的一次教育吧！"

从刘嘉茫然无助又清澈纯净的眼神里，赖家益仿佛看到了十几年前的自己。那一段时间，他也顿悟，做一个乡村教师真的不只是站在讲台上传授知识那么简单，还需要做孩子们生活中能够依靠的亲人，像明烛一样，发光发热，随时指引着孩子们前进的方向。

赖家益在心中暗自发誓，等毕业后回村，一定要好好引导这对姐弟俩，把他们缺失的爱与陪伴尽可能地补给他们。

赖家益回到红锦小学任教时，刘嘉在红锦小学读三年级。

第一天下班，赖家益走到半路，远远地看到一个孤独的背影在略显艰难地移动。看着少年背着大而沉重的书包，一晃一晃笨拙行走的样子，他不禁想起了自己。十几年前，他也曾经有和这个少年相同的背影，常常一个人在回家的路上踽踽独行。

赖家益一眼认出，这个孩子就是刘嘉，于是他骑着电动车向刘嘉慢慢靠近，强忍着在眼中打转的泪，停在刘嘉身边。"刘嘉，上来，老师送你回家！"远处，高高耸立的白色发电风车缠绕着微风，徐徐转动，刘嘉搂着赖家益的腰，在麦浪间的小路上轻快地穿行。

"以后，放学不着急回去就来办公室等老师，我下了班，就送你回去。"

从那之后，刘嘉和赖家益形成了默契。因为不敢进办公室，刘嘉每次总是双手围抱住自己的膝盖，坐在办公室转角的楼梯口，静

◆ 赖家益耐心地为学生讲解知识

静地等着老师。

直到现在，赖家益每次回办公室，走到楼梯的转角处都会下意识地想到刘嘉。

周末，赖家益有时去石湾镇赶集，也会带上刘嘉，问他想吃什么。只要是刘嘉喜欢的，赖家益都会买给他。因为他没有妈妈，赖家益希望可以尽可能地弥补他内心深处母爱缺失的温暖，或许，母爱就是一种无处不在的牵挂和给予吧！

"赖老师！"赖家益刚将车停到刘嘉家门口，刘嘉突然下了车，抱住老师的手。"你别走，留在我家吃饭！"这句话几乎是一个字一个字地蹦出来的，虽然笨拙，但十足惹人怜爱。

一旁的赖家益还没有反应过来，这是刘嘉第一次开口叫他赖老师，一股说不出的感动涌上心头。"不了，你好好吃饭！"

在学校里，虽然赖家益不教刘嘉，但他也喜欢跟在赖家益的身后，像个"小尾巴"，仿佛只有赖老师在的地方，才是安全的。

在刘嘉刚上四年级的时候，姐姐无奈地嫁了出去，开始了一眼望不到头的日子。姐姐结婚一走，家里就只剩下刘嘉和智力残疾的爸爸相依为命。

一次在送刘嘉回家的路上，刘嘉跟赖老师讲起姐姐结婚了，声音中带着点儿哭腔，因为，他知道，姐姐结婚以后，就没人陪他了。

打那以后，赖家益更加注意刘嘉的情绪变化了。

赖家益特意叮嘱自己班里的学生，多陪刘嘉一起去吃饭、一起玩。班里的学生看到刘嘉总是和老师形影不离，误以为刘嘉是赖家益的弟弟，便主动来找他交朋友，慢慢地，刘嘉和同学们打成了一片,性格也开朗了很多。

其实,赖家益从心底里,早已把刘嘉当作了亲弟弟。别的小朋友拥有的,他也想让刘嘉拥有。赖家益希望,刘嘉长大以后,可以记得在他的童年,有一个老师曾经对他很好。

不管将来刘嘉去到哪里,成为什么样的人,他都能将他曾感受的温暖继续传递下去,感染他人,尽己所能地帮助曾经和他一样需要帮助的人。

(文中学生部分为化名)

57."中国式现代化"里跳动的青春身影

2022年10月23日,一个普通而又不寻常的周末。这一天,新当选的中国共产党第二十届中央政治局常委同中外记者见面会将在人民大会堂举行,中央电视台以及各新闻客户端都在直播这场见面会。赖家益为农民卖红薯的带货直播选在23日这一天举行,有自己的考虑。5年前,中国共产党第十九次全国代表大会是在10月22日中午举行的记者见面会,没有想到,第二十届中央政治局常委举行的记者见面会却安排到了10月23日。

10月23日上午10点,是赖家益提前几天商定的直播时间,直播的内容是助农卖红薯。看着仓库里堆着的一万多斤的红薯,还有过来帮忙打包的几十个村民,赖家益犹豫许久。"要不要等最后一场关键的记者见面会结束了,再直播带货,还是按照既定的直播安排走?……"

看着满仓库的红薯，看着农民们期待的眼神，赖家益决定，自己的直播带货还是要按时举行。

姐姐、姐夫还有表哥都是赖家益直播团队的成员，为了这场直播，他们忙得不可开交，联系仓房，找货车从农民的田地里把红薯拉过来，安排快递公司过来收货，几天几夜都没有好好休息过。

镇上有一个仓房，老板特别有公益之心，赖家益助农直播带货与他进行合作。看到一万多斤红薯陆陆续续地堆放在赖家益的仓库里，老板郭阿丽很是感动，把仓库免费提供给他用。

郭阿丽拍拍赖家益的肩膀，调侃并鼓励说："听说全北海的红薯都堆在这里了，如果卖不出去，你压力可就大了，一定要加油啊！"

赖家益笑了，咬了咬牙，"今天就是不吃饭、不睡觉，我也要把这一万多斤红薯卖出去！"

姐姐在旁边笑盈盈地看着他："弟弟，今天咱们拼了！"

不久前，赖家益遭到举报，称他业余时间在家中收费给孩子补课，还把教辅卖给孩子。其实，这是一种误解，赖家益在爷爷奶奶家一楼的厨房开辟出一个空间，买来书架，将社会各界捐赠的图书集合在一起，建造了一所乡间免费的"家庭图书馆"，孩子们课余时间到他家读书、写作业，没有一个孩子为此支付任何费用。赖家益觉得很可笑："我要是为了赚钱，就不回来教书了。"是啊，此前他在直播里推销的教辅，都是经过认真挑选的，在售卖之前，他自费购买了部分适合孩子们使用的教辅并送给了他们。他无暇跟谁解释，开玩笑说自己有"金刚不坏之身"，不怕风吹雨打。

其实，这"金刚不坏之身"来自胡适先生两段话的鼓舞："我受了十年的骂,从来不怨恨骂我的人。有时他们骂的不中肯,我反替他们着急。有时他们骂得太过火,反而损害骂者自己的人格,我更替他们不安。如果骂我而使骂者有益,便是我间接于他有恩了,我自然很愿挨骂。"

"生命本没有意义,你要能给它什么意义,他就有什么意义。与其终日冥想人生有何意义,不如试用此生做点有意义的事。"

赖家益刚上大学的时候,就研读过我国现代思想家、文学家、哲学家胡适先生的许多著作,这位新文化运动的开山宗师的这两段话一直激励和鼓舞着赖家益。

赖家益在教学的过程中,也很舍得为孩子们"付出"。"赖老师没有要过我们一分钱,还资助孩子们呢,怎么会和孩子们要钱?谁这么坏?四处乱讲!我很

◆ 工作之余在地里干农活

生气。"一位家长这样说,"我们想到教育局去说清楚,不能让赖老师受委屈!"

为了避免产生误会,赖家益把自己抖音橱窗里日常展示并销售的教辅类图书全部进行了下架处理。这些细节,直播的时候,他不会随便和网友说,他能做的就是把握好自己,做一个更有能力的人,唯此,才能与孩子们同心共振。

"我们广西北海的'红蜜薯'香甜软糯,无丝,吃到嘴里口感特别好。这些当地山民种的红薯,以前都是以很低的价格被一些经销商收购走,那些经销商一般只会把个头大的挑走,一些品相不好或者小个儿的红薯,就会被丢弃在田间地头,最后就烂在地里,看上去特别令人心疼。"赖家益以自己的切身体会,用朴素的话语向网友推荐家乡的红薯。

"这些都是用农家肥料种植出来的红薯,我们北海挨着大海,还有很多农民地里会用死去的小鱼小虾当作肥料,没人用农药。因此,红薯的口感与众不同。但是,有的红薯个头并不是很大,我们尽量把个头大一些的红薯发给大家,如果有坏的,可以联系客服理赔。"

赖家益的直播带货和所有的直播带货主播一样,语言密集而富有磁性,很能感染和打动人。他光着脚,上身穿着短袖白衬衣,下身穿一条浅绿色裤子,坐在堆积如山的红薯上,时不时啃上一两口,就像一个指挥着千军万马的将军。

"家益感谢大家!谢谢哥哥姐姐、叔叔阿姨们对我的支持,家益给您鞠躬啦!"他在直播的手机屏幕面前双手合十,深深弯下腰,虔诚地低下头。

赖家益的身后站着的是他的姐姐，姐姐手里举着一块写着价格的小黑板："21.9元5斤！"姐姐的眼睛里是一种很坚定的神情，小黑板压得她胳膊有些发酸，但她始终没有放下。

赖家益手里拿着一块红薯，香甜地咬着，说："我们这里的红薯又甜又脆，燜着吃、烤着吃、熬红薯粥，或做拔丝红薯，没得可比！"

他举起一块切开的红薯，又说："大家请看，光光的皮儿，黄色的瓤儿，甘甜味美，是纯正的薯中上品呀！"

有网友留言："感觉你这儿的红薯有点儿贵。"

赖家益看到了，赶紧回应网友："我就随便点开一个网络直播平台，咱们可以比一下，人家的红薯，5斤都卖24.9元，还有的卖到29.8元，我们这儿真的不贵，您往我身后看看，这里来打包的，都是村里的老人，他们没有办法干农活，但到这里来帮忙都是有人工费用的，他们能赚点儿钱。"

"有人问我，为什么不去带货卖80元钱一瓶的化妆水，或者利润高一些的唇膏？我不愿意，为这些物品带货不是我的初心。我最初直播带货，就是希望把农产品卖出去，帮助我的学生，让他们的父母有所收入，家庭能够脱贫，让学生的父母不用去外地打工，孩子们不用当留守儿童。"

在直播现场，有一位学生家长站到了赖家益身后，举起"21.9元5斤"的价格小黑板。赖家益站起来，告诉直播间的粉丝，这是他的学生家长。前两天，他勇敢地进行了一场直播，自己卖出去五六百单。"我很感谢他信任我，把红薯交给我去卖，并且与我合作，自己也进行直播，他挣到钱，家里的生活就会过得更好。"

赖家益还在直播间里讲述自己的亲身经历。"我是一个单亲家庭的孩子，和爷爷奶奶一起长大。小时候，爷爷带着我骑着三轮车到镇上去卖自己家种的红薯，很辛苦。有一次，爷爷收到一张一百元的假币，特别伤心，因为我们卖一天的红薯可能都赚不到一百元，但那个人用假币坑人，爷爷的劳动就白费了。"

销售技巧高超的直播带货，不是一个劲儿地吆喝，而是和网友、粉丝们分享自己的心得，讲述自己的人生故事。最好的直播带货不仅有货物，还有真诚的人生态度和经历的交流。也许，这正是赖家益所追求的境界。

随着直播间的人数越来越多，销售的数量开始攀高，一上午两小时的直播结束了，赖家益盘点了一下，卖出去2000单红薯，一万斤小山一样高的红薯打包后，在他身后慢慢变矮、变小，直到完全消失，被装到了货车上，发往全国各地。他的嗓子喊得有些哑了，生的红薯、熟的红薯都吃了不少。

来不及进行太多的思考，赖家益和团队赶紧趁着午间，清点了剩下的红薯，还有5000多斤，还需要在下午卖出1000单。

"今天必须全卖出去，必须开足马力，加油！"赖家益在心里默默给自己下了一个命令！

下午5点，直播继续。赖家益的直播间涌进来很多支持他的网友。

"我希望大家都能够更多地了解家益，我是农村出身的孩子，国家免费让我上大学，我要报答国家对我的培养。因此，我在教师的岗位上一定会兢兢业业地教好书，不忘对国家的承诺。在工作之余，我要报答爷爷奶奶的养育之恩，陪伴在爷爷奶奶身边，照顾他们。我同时希望我的学生有父母的陪伴，如果没有父母的爱，心里会有很多缺失。我是广西壮族自治区社科联授予的'好物推荐官'，直播卖货也是我的职责所在。"

"广西北海的西瓜红蜜薯是没有丝的，用来煲糖水是爽甜的，用来烤是焦甜的，煲粥是清甜的。感谢大家对家益的支持，请大家给我一个关注吧！"

赖家益的嗓子有点儿嘶哑，身上有些疲惫，但脸上一直保持着微笑。

直播在有序而平稳地进行中……突然，有个"粉丝"留言："你为什么要用老师的身份直播带货？为什么不能安心教书？"

家益带领大家种红薯

采摘荔枝

◆ 赖家益在京参加共青团第 19 次全国代表大会

直播间里炸了。很多网友愤怒了。"把他踢出去""这是黑粉""家益,不要理睬他""人家一直在好好教书!"……

赖家益说:"我很想告诉这位留言者,我业余时间没有用老师的身份卖货,我一句都没有提及自己是一名老师,我只是一个普通人而已。如果不搞直播帮农民卖货,我的很多学生,他们的父母就会出去打工,他们就会成为留守儿童。如果不搞直播帮农民卖货,这里的很多红薯有可能就会烂在地里,农民没有收益;如果不搞直播帮农民卖货,我会很不心安,因为我也是一个农民的孩子,知道农村有多苦。"

赖家益说到激动处,有点儿结巴。"我送给孩子们的教辅书,都是我自己买给孩子的,我没有从孩子身上赚一分钱,问我学生的家

◆ 粉丝画笔下的赖家益

长就会明白。家里的图书馆也暂时关闭了,我心里很委屈,重要的是这些孩子周末少了一个学习的地方,我相信日后,经过调查,相关领导会还我一个公道。"

"不要生气,喝点儿水!""把黑粉踢出去!"……很多网友对赖家益深表同情,直播间里留言一片。

赖家益接着说:"我从小放牛,也和爷爷奶奶一起挖过红薯,你们仔细看一下就会发现,我的左右肩不是平的,右肩明显有点儿低,那是因为从小担担子压的。我从小吃了很多苦,如果父母在身边,肯定是不一样的。"

"这个红薯放得越久,越甜。感谢大家下单支持家益,支持我们的农民兄弟。大家放心,我会好好照顾好自己的。我要在三尺讲台上播种,让大家看到我教出的学生有多棒。"

"虽然我们的人生路上不会一路开花,虽然沿途会有困难,但是，我相信终点处的鲜花一定会为你盛开！"

粉丝"五姨"留言："已经下单购买，虽然阿姨家里有红薯，但还是要支持赖老师。"

还有粉丝留言："整场听下来，我流泪不止。"

"支持你，家益！"

…………

当天下午6点35分，最后一单红薯卖完，赖家益一天的直播终于要结束了，本场15.8万名粉丝为他亮起了灯牌。食遍天下人气榜单显示赖家益本场直播位列第67名，战绩不错。终于可以下播了，一天下来，赖家益已经筋疲力尽，但他还不想与他的粉丝们告别。

他站起身来，让大家看看他，还是那个笑容灿烂的大男孩，只是白色的短袖上衣已经褶皱，上面还有一些弄脏的痕迹，身后的红薯正在打包、装车。

"带大家看看我身后打包好的箱子，这些箱子已经包装好，明天就会寄送出去，快递公司特意派车过来拉货，真的很支持我们，在此特别表示感谢。还有我身后的工作人员，这些乡亲们已经忙碌一天了，到现在还没有吃晚饭。"

他又把镜头移到一个房间里，里面摆着一张刚刚购置的大床，因为是仓库，基本上没有什么家具。赖家益说，以后准备把爷爷奶奶接过来，和他一起住在这里，毕竟，在这里照顾爷爷奶奶比较方便。

临别，赖家益起身把镜头移到门外，一抹美丽如纱的红色晚霞挂在天边，一下子把天际染红，晚秋的傍晚变得如诗般的美丽。"家益要和各位说再见了，感谢所有朋友的支持，两个星期后，第二批红薯就要熟了,我还会有第二次直播的,我们回头再见!"

此时,直播间里点亮粉丝灯牌的粉丝攀升到了16.8万人,神奇又吉利的数字。

这就是乡村教师赖家益,一面勤奋教书育人,一面热心直播助农,"中国式现代化"里有他的身影在跳动!

(书中部分学生名字为化名)

普鲁斯特问卷

Q 您认为最完美的快乐是怎样的？

A 能够吃饭、睡觉，幸福、开心地生活。

Q 您认为最大的恐惧是什么？

A 被网暴，以及亲人的突然离世。

Q 您最痛恨自己身上的哪些特质？

A 太矮、太温柔了。

Q 您最痛恨别人的什么特点？

A 不了解事实真相，便自以为是地轻易评判他人。

Q 还在世的人中，您最钦佩的是谁？

A 姑姑、周文静老师。

Q 您认为自己最伟大的成就是什么？

A 2020年9月，我被广西统战部授予"广西统一战线助力脱贫攻坚直播带货达人"。那是我人生中第一次出席这样隆重的场合，站在讲台上领奖的那一刻很有成就感。

Q 您目前的心境怎样？

A 豁达。面对遇到的事情能屈能伸，知进知退，经得起挫折、失败，也懂得享受现在的生活，珍惜身边的一切。

Q 您认为哪种美德是被过高评价的？

A 人民教师身上的光环。

Q 什么情况下您会撒谎？

A 需要避免让亲人担忧时会说一些善意的谎言。

Q 您对自己的外表哪一点不满意？

A 身高和牙齿。

Q 在世的人中您最鄙视谁？

A 那些网暴我的人。

Q 您最喜欢男性身上的什么品质？

A 孝顺。

Q 您最喜欢女性身上的什么品质？

A 知性。

Q 您最常使用的词语是什么？

A "不知道"和"不懂"。

Q 谁或什么是您一生中的不朽之爱？

A 姑姑、爷爷和奶奶。在我心中，我姑姑、爷爷奶奶对我的感情，以及我对他们的感情，都是一生不朽的。甚至我周围的亲朋好友以及所有支持我的人对我的感情，我认为都是会永恒持久下去的。

Q 何时何地您感到最快乐？

A 陪在爷爷奶奶身边，以及和孩子们在一起的时候。

Q 您最想拥有哪种才能？

A 长高 10 厘米。

Q 如果您能够改变自己一件事，您希望是什么？

A 我希望我可以拥有一个完整的家庭。

Q 您认为自己最大的成就是什么？

A 如愿成为一名教师，还成了家乡的带货达人。

Q 如果有转世，您希望成为什么样的人或物？

A 如果有来生，我想做一只猫，拥有一个幸福美满的家庭。不用干活儿，每天只需要慵懒地待着。

Q 您最想住在哪里？

A 住在家里面。

Q 您最珍贵的财产是什么？

A 我最珍贵的财产是我拥有爷爷奶奶。

Q 您认为程度最浅的痛苦是什么？

A 摔跤。

Q 您最喜欢的职业是什么？

A 做老师。

Q 您认为您最显著的特点是什么？

A 学习能力、抗压能力。

Q 您最看重朋友的什么特点？

A 首先是孝顺，其次是善良、真诚。

Q 谁是您最喜欢的作家？

A 冰心先生。她曾遭受过非议，但她很坚韧，在文学和翻译领域取得了很大成就。我希望再过十几二十年，我也能像她一样，优雅地活着，为国家做出一番贡献。

Q 谁是您心目中小说里的英雄？

A 小时候的家里穷，没看过小说，但经常跑去小卖部看电视。我心中的盖世英雄是《倚天屠龙记》里面的张无忌，他有一身的本领与才能。那时，我就想着等我长大了，也要学会很多本领，保护好爷爷奶奶，还有姑姑。

Q 您最认同哪位历史人物？

A 武则天。我觉得她很厉害。她凭借着自己的智慧，登上皇位，成为一代女帝。

Q 谁是您现实生活中的英雄？

A 姑姑。

Q 您最喜欢的名字是什么？

A 我自己的名字。我的名字是姑姑起的，赖家益的含义是希望我日后能成为国家信赖的，且有益于国家的人。

Q 您最不喜欢什么？

A 我最不喜欢被别人议论。

Q 您最大的遗憾是什么？

A 没能见上养母最后一面，一生中无法弥补的遗憾吧！还遗憾没能留在上海工作，没能在我很喜欢的一座城市安家！

Q 您想以何种方式死去？

A 安安静静地离开就是最好的。

Q 您的座右铭是什么？

A "最好的修养是植于内心的善良。"

注：赖家益于 2022 年 11 月 3 日在家中填写本问卷，此普鲁斯特问卷的版本来源于网络。

致　　谢

捧读这本书，心情久久不能平静没有想到，我的故事，有一天会变成一本书，并且通过它让更多人了解我。

在成长的过程中，我遇到很多给予我无私帮助的人，我的生活中蕴藏了太多的温暖和幸福，即使过去岁月蹉跎，有得有失，但此刻幸运的是，你们还在，我也很好。

首先，家益要感谢周文静老师，谢谢您在我孩提时代给予的鼓励和爱护，让我在童年时收获到母爱一般的温暖；感谢徐文丽老师在我中学时期的"校园谈心，细心关照"，把我视为自己的孩子一样，给予暖心叮嘱，与我共感幸福；感谢父母给了我生命，祝福父亲母亲都能身体安康；更感谢爷爷奶奶的养育之恩，我为有这样的爷爷奶奶而感到幸运，我好爱你们；还要感谢姑姑，是她引领了我，让我成为一个有作为的人；感谢姐姐，和我共度那些年的艰辛时光，在我难过时倾听我内心的苦楚，特别是姐姐给的糖果，至今家益口中尚有余香；感谢我教过的每一位学生，谢谢你们喜欢我从"我这里到你那里"，把我当成他们的"大朋友"；感谢各网络平台上关注家益的"朋友"们对我的认可和支持，让我变成那颗小星星，共浴世界的明亮，为自己，也为他人照亮前方的路；感谢桂杰、鲁峤两位老师对我进行的深入采访，耐心倾听我的成长和求索历程，给予我许多真诚的建议和热心的帮助，她们就像我的家人一样的存在；

感谢清华大学出版社张立红老师，她的严谨、真诚、善意，让我受教匪浅。

我还要特别感谢《天津诗人》总编辑、著名诗人罗广才！罗总编亲莅山村探望我的爷爷奶奶，到红锦小学听我讲课，罗总编的殷殷教诲，家益都已铭记于心。让我们共享罗总编的杰作——《全世界，就在你身边——献给中国乡村教师》一诗吧：

我 300 万中国乡村教师

站在三尺讲台，伟大的奉献

在中国教育的最后一公里

你们，是守门员也是前锋

是摇橹手也是泛舟人

没有褶皱的一种延伸，握住流年

成全并淡定，就像你的铜凤灯

用清水净化烟尘，聚起微光

防风和普照，花和草、爱和可能被爱

野蛮忧伤少年之体魄

收拢时间的碎片立文明之精神

像开荒，种出的果实，普及的光

温暖几代人的屋顶，存储民族的记忆

…………

我还要感谢这世间一切善良的和热心帮助我的人，是你们给我撑开一把遮风挡雨的大伞，让我走出阴霾，看到人生的美好风景，让我充满信心与力量去实现自己内心的梦想，向着更光辉的目标和未来迈进！

最后，我也要感谢我自己，感谢自己在这些年没有轻言放弃，不论顺境还是逆境，都能无怨无悔，乐观面对，无论家事、世事如何变幻，我始终没有动摇过自己的志向，始终没有向命运低头，始终没有停止过奋进与求索的脚步！……

曾经，生活总是让我们遍体鳞伤，现在，那些受伤的地方已让我们变得强壮。

赖家益

2023年3月5日

教育名家推荐

"自己的学生自己宠",简简单单的一句话,有教师的幸福感,有无限的深情和热爱,仔细嚼,也能嚼出生活的辛酸。从留守的土地上成长起来的赖家益,他深知老师的爱和关注对留守儿童意味着什么,所以他决定"合浦珠还",这就是担当,就是"爱满天下"!

——何郁(北京市特级教师、正高级教师、教育部统编本高中语文教材编写者)

赖家益老师的故事很好地诠释了教育的本真:一棵树摇动另一棵树,一朵云推动另一朵云,一个灵魂唤醒另一个灵魂。撑伞的大男孩,你是新时代雷锋的真实写照,你是新时代向上、向善、向梦优秀青年的杰出代表,为你点赞,为你骄傲!

——赵学军(山东省滨州实验学校南校区校长、特级教师)

赖家益从小在精神的暗夜里苦苦求索,所以他懂得星光的可贵。良知就是一盏灯,他不同寻常的出身和熬炼,让我们看到了中国乡村教育的希望。不管是教书育人还是直播带货,都是自己点燃自己的劳动,自己照亮自己的事业!赖家益的成长故事颠覆了我们以前对于乡村教育的常规认识,他就是一个活生生的案例,老师、孩子都能从中受益。

——王文科(山东省章丘县清照小学校长、2014年中国好校长)

这是一部让心柔软的作品，也是一部让人读着读着就会潸然泪下的作品，一位乡村青年教师的感人故事值得老师们去聆听。

——吴春来（湖南省中小学语文正高级教师、教育部"国培计划"专家库成员）

读着这本书，让我看到一束光，赖家益的留守儿童生活和为留守儿童、老人带去的光。

赖家益的童年是孤独的，但是赖家益的童年又是充满收获的。他是中国众多乡村留守儿童的代表，也是为乡村留守儿童和老人带去光的新时代青年。

留守儿童、留守老人，是让人感觉孤独的名词，在我国广大的农村却很普遍。书中主人翁为解决这一问题，提供了一个共赢的答案。

——王小洪（深圳市南山区蛇口学校校长、特级教师、广东省人民政府督学）

读了桂杰老师发来的书稿，心情久久不能平静！从教41年的我，被年轻的家益老师深深感动，数次眼眶湿润……我坚信，在家益老师的教室将有无数个"家益"在成长；我希望我们每一位老师也能如一只"萤火"，点亮自己教室里的每一个孩子！这是传承，是反哺，更是一份爱的回馈！也是教育的魅力所在。《不必等候炬火——乡村老师赖家益》，一部教育人、家长、孩子们都可以读的书。

——钟玉文（四川省成都高新区芳草小学副校长，高新区专职督学）

见过大都市的繁华和诱惑后，赖家益因肩头的誓约与责任，回归故土，反哺乡土。读赖家益刚刚启程的人生路，数度泪目，有心疼，有感动，有欣慰。个人命运与时代发展紧密相连，作者诚实的记录，让我们永远相信世间的善良、责任和希望。

——周淑艳（作家、天津市教学名师）

赖家益，一名年轻的乡村教师，网红以后依然怀揣梦想，坚守初心。他的成长经历令人钦佩，点亮自己，化作一盏灯，用自己的方式引领农村的孩子探看世界，让留守儿童感受到温暖和读书的意义。他的故事让我看到了乡村教育的希望。社会就需要这样有理想、有担当的年轻人。

—— 南林（阳信县第四实验中学校长、曾获"齐鲁名校长"称号）

有一个人，没有被孤苦艰难击垮，没有被名利富贵所动，而是用青春的活力谱写出一首歌。这首歌，基调是坚韧，旋律是热爱，歌词是善良；这个人，叫赖家益。

——张赛琴（江苏无锡特级教师、真语文活动总顾问）

作为讲述留守儿童成长的样本案例，本书给不同读者的启发也一定是多层面的。我从事教育工作，深感赖家益最可贵的是他对乡村教育和父老乡亲的回馈，他的根在这块土地上。只有饱吸过这块土地的贫瘠和痛苦的乳汁，才会在有能力改变它的时候义无反顾。留守儿童最大的愿望是家人闲坐、灯火可亲，赖家益坎坷的童年缺乏那盏灯，令人欣幸的是，他靠亲人、老师的关怀鼓励，他靠自身的努力，点燃了这盏灯，更照亮了自身之外更辽远、更苍茫的荒野。

——冯渊（作家、上海市语文特级教师、正高级教师）

我的父亲年轻的时候也曾经是一位乡村教师，他把青春、爱和热诚奉献给了乡村教育，也照亮了我的教师梦。赖家益的身上展示了当代乡村教师的新形象，除了奉献乡村教育，他还通过自身努力改变乡村的教育生态，为乡村注入源头活水。

——朱祥勇（成都高新区新华学校书记、校长，成都市政府督学）

（推荐语排名不分先后）